Michel Decar

Die Kobra von Kreuzberg

Für Beverly Kaczmarek läuft es überhaupt nicht. Eigentlich ist sie nach Berlin gekommen, um im großen Stil Museen und Juweliere auszuräumen, doch so richtig wollen ihre Pläne nicht zünden. Denn während ihre Brüder Fabergé-Eier aus der St. Petersburger Eremitage entwenden und es damit in die internationale Presse schaffen, ärgert sie sich über ihre mittelmäßige Ausbeute. Also beschließt sie einen Coup zu landen, der an Logistik und Tollkühnheit neue Standards setzen würde, und etwas wirklich Großes zu stehlen: die Quadriga auf dem Brandenburger Tor.

Michel Decar beschwört mit Verve und Tempo eine Welt, in der Diebstahl die einzige Möglichkeit geworden ist, zu bekommen, was einem zusteht. Mit stilistischer Leichtigkeit erzählt er von einer Gegenwart, in der die Grenzen zwischen Recht und Gerechtigkeit neu gezogen werden müssen.

MICHEL DECAR, geboren 1987 in Augsburg, lebt als Autor und Regisseur in Berlin. Seine Theaterstücke wurden an zahlreichen Bühnen im In- und Ausland inszeniert und mehrfach ausgezeichnet, u.a. mit dem Kleist-Förderpreis. Seine Hörspiele werden von Deutschlandfunk Kultur produziert. Zuletzt lief sein Film *Europa zum Beispiel* im Wettbewerb des Max Ophüls Preis. 2018 erschien sein Debütroman *Tausend deutsche Diskotheken*.

Michel Decar

Die Kobra von Kreuzberg

Roman

Ullstein

Besuchen Sie uns im Internet:
www.ullstein.de

Wir verpflichten uns zu Nachhaltigkeit
• Klimaneutrales Produkt
• Papiere aus nachhaltiger Waldwirtschaft
• ullstein.de/nachhaltigkeit

MIX
Papier
FSC FSC® C014496

ISBN 978-3-550-20094-6

2. Auflage 2021

Umschlaggestaltung: semper smile, München
Umschlagmotive: © shutterstock
Gesetzt aus der Quadraat Pro powered by pepyrus.com
Druck und Bindearbeiten: GGP Media GmbH, Pößneck

A

Beverly Kaczmarek hatte schlechte Laune. Neben ihre Matratze hatte sie eine Nuss-Rosinenmischung gestellt. Die Nüsse hatte sie alle gegessen, mit den Rosinen hatte sie den Umriss einer Kalaschnikow aufs Parkett gelegt. An Aufstehen war gar nicht zu denken, an Frühsport sowieso nicht. Sie war vom Marmorpalais enttäuscht, sie war von sich selbst enttäuscht, ihre Enttäuschung kannte keine Grenzen. Beverly hatte weniger einen Einbruch geplant, als ein eigenes Kunstwerk. Ein Werk von Stil und Größe. Ihre Brüder Yves und Billy Kaczmarek waren eine Woche zuvor in die Petersburger Eremitage eingestiegen und hatten zwei ordinär teure Fabergé-Eier mitgehen lassen. Der Bruch, den die beiden begangen hatten, war nicht nur spektakulär und waghalsig, er zog auch eine anschließende Verfolgungsjagd (Motorboote, Explosionen) nach sich und erhielt ein überwältigendes Medien-Echo. Internationaler Beifall von *Le Monde* und BBC. Ihr eigener Bruch war dagegen keines Vergleichs würdig. Wie würde sie damit dastehen? Durchschnittlich, provinziell, vorhersehbar.

Beverly, die Haare zu mittleren Gebirgen getürmt, ging in die Küche, setzte Wasser auf und lief mit der Zahnbürste im Flur auf und ab, sodass die Zahnpasta auf den Boden tropfte. Dann setzte sie sich an den Küchentisch und blätterte durch die *Gazzetta dello Sport* vom 31. Oktober. In der Vorbereitung auf den Coup hatte sie die Haushaltsführung schleifen lassen. Von ihrem Platz aus erspähte sie einen letzten Teebeutel im Regal. Sie konnte nicht erkennen, welche Sorte es war. Womöglich Birne, womöglich Brennnessel, möglicherweise Birne-Brennnessel. Auf jeden Fall etwas Abartiges. Von Nahrungsmitteln keine Spur. Sie würde sich anziehen müssen, auf die Straße gehen, gar mit Menschen reden. Das Letzte, was sich jemand wünschen konnte.

Im Treppenhaus fand sie zwei Briefe vor ihrer Tür. Der eine war von ihrem Vater, das sah sie an den geschwungenen Bs und Ks, der andere kam vom Amt. Sie hielt den Umschlag gegen das Licht und betrachtete ihn kritisch. Dann steckte sie beide Briefe in ihre Anoraktasche, sie hatte keine Lust, sich noch mehr zu ärgern.

Als sie Karstadt betrat, schüttelte sie das Laub von ihren Schultern und ging zur Rolltreppe. Karstadt beruhigte Beverly, Karstadt war geil. Man konnte sich Sachen ansehen, man konnte Sachen anfassen, kaum ein Verkäufer wagte es, sie mit einer Meinung zu belästigen. Beverly fuhr ins Untergeschoss und bezahlte eine Flasche Mineralwasser und Coco-Crisps mit Karte. Dann lief sie die Urbanstraße hinunter und beobachtete, wie ihr der November die Papiertüte aufweichte. Im Park vor ihrer Wohnung setzte sie sich auf eine Bank und ärgerte sich, dass sie Nichtraucherin war. Es regnete, sie saß auf einer Parkbank, sie hatte schlechte Laune. Es wäre der perfekte Moment für eine Zigarette. Stattdessen nahm Beverly einen Schluck Mineralwasser und stellte den schwachen Kohlensäuregehalt des Getränks fest. Sie riss die Coco-Crisps-Packung auf und warf sich ein paar Flocken in den Mund. Dann fielen ihr wieder die Briefe in ihrer Tasche ein. Sie öffnete den Brief ihres Vaters und las im Gehen. *Warum ist Dein Handy aus? Wie lief's im Palais? Alles klar? Floyd.* Beverly zerknüllte das Papier und warf es ins Gebüsch. Dann öffnete sie den zweiten Brief. Ein gewisser Kommissar Hotfilter bat sie, *so schnell wie möglich, am besten sofort, usw. usf., in sein Büro zu kommen, um einige dringende Fragen zu klären.* Dringende Fragen? Das war ja ganz toll.

Wieder in der Wohnung, zog sich Beverly aus, suchte ihre restlichen Klamotten zusammen und stopfte alles in die Waschmaschine. Sie beobachtete die ersten Umdrehungen, wünschte, sie hätte sich gleich mitgewaschen, und setzte sich, nackt, wie sie war, zum zweiten Frühstück an den Küchentisch. Sie hatte grüne Augen, wenige Sommersprossen und ungewöhnlich braune Haare. Ein solches Braun, wie es sonst nur Braunbären auf dem Kopf tragen. Im *Gibraltar Chronicle* war sie einmal als *terrifying* beschrieben worden, ein Cop in Mexicali hatte sie als *maliciosa* bezeichnet und ein österreichischer Staatsanwalt *ganz bezaubernd* genannt, wofür ihn Beverly umgehend anmotzte:

– Ganz bezaubernd? Habe ich vielleicht Ähnlichkeiten mit den Niagarafällen? Sehe ich etwa aus wie ein venezianischer Sonnenuntergang? Ich glaube kaum, ich glaube kaum!

Ansonsten trug Beverly am liebsten Grau. Ihre Pullover, Sweatshirts und Hosen: schlichtes Grau. Sie besaß einen hellgrauen Jumpsuit. Eine dunkelgraue Mütze. Zwei ihrer Unterhosen waren anthrazit und ein Paar ihrer Socken bestimmt mal schwarz gewesen, doch aufgrund des jahrelangen Waschens jetzt völlig grau. Selbst wenn sie nackt war, wie an diesem Novembernachmittag, an dem kleinen Tisch in der Küche, schien sich ihre Hautfarbe einem leichten Grauton anzunähern, als würde sie sich wünschen, mit den Mauern zu verschmelzen, im trüben Himmel zu verschwinden und wie ein Gespenst unter den Menschen zu sein.

Als die Waschmaschine durchgelaufen war, holte sie ihren delfinfarbenen Adidas-Trainingsanzug heraus und föhnte ihn trocken. Dann machte sie sich auf den Weg zum Kommissariat. Der Raum, den Beverly um 17 Uhr betrat, war klein, aber stilvoll eingerichtet. Aserbaidschanische Mahagonischränke, Zimmerpalmen, Bauhaus-Aschenbecher. Nur die Filterkaffeemaschine und die obligatorische Pinnwand erinnerten Beverly an die Beschaffenheit eines Dienstzimmers. Vielleicht ein Zitat, dachte sie, womöglich Ironie oder sogar eine Hommage. Aber an was? Eine dunkle Stimme mit ungarischem Akzent holte sie aus ihren Gedanken.

– Kaczmarek?

– Ja.

– Beverly Kaczmarek?

– Vollkommen richtig.

Ferenc Hotfilter umrundete den Schreibtisch. Er holte einige Unterlagen aus der Schublade, studierte sie kurz, notierte sich etwas und blickte unvermittelt auf:

– Könnte es unter Umständen sein, dass Sie vorgestern ins Potsdamer Marmorpalais eingestiegen sind und zwei Wedgwood-Vasen geklaut haben, wobei eine beim Aus-dem-Fenster-Klettern kaputtgegangen ist?

Beverly dachte kurz nach. Dann sagte sie:

– Nein.

Der Kommissar zögerte einen Augenblick und blätterte noch mal durch seine Unterlagen, als hätte er ein entscheidendes Detail übersehen. Dann schaute er Beverly an:

– Danke. Das wär's dann auch schon.

– Das wär's dann auch schon?

– Ich habe alles erfahren, was ich wissen wollte. Sagen Sie mir nur, wie ich Sie am besten erreichen kann.

– Sie können mich mal auf den Galapagosinseln erreichen.

Beverly knallte die Tür zu und lief zurück zum Fahrstuhl. Dieser Kommissar versaute ihr die Wochenendplanung. Auch die nächste Woche war im Eimer, die übernächste ebenso. Eigentlich konnte sie den ganzen Monat abhaken, das Jahr war gelaufen.

Als sie wieder zu Hause war und das Handy anschaltete, kam eine SMS von ihren Brüdern rein:

– Hey Bev, was geht? Haben gehört, dass du's wieder voll vermasselt hast. Mach mal 'ne Ausbildung bei der Sparkasse, ist besser für dich.

Küsschen aus dem Excelsior, Y+B.

PS: Hast du zufällig unseren Interskol-Schlagbohrer? Wir finden den nirgends.

B

Am nächsten Morgen stand Beverly früh auf und begann, ihre Sachen zu packen. In ihr wütete ein kristallener Aktionismus. Die Hälfte ihrer Klamotten warf sie in den Reisekoffer, die andere Hälfte aus dem Fenster. Hinterher flogen ihre Pfannen und Töpfe, Porzellantassen, die sie mal in Nowa Sól geklaut hatte, der Zeitungsständer aus dem Badezimmer, die bulgarische Stehlampe mit den Flauschekordeln, nichts sollte dem Feind überlassen werden. Dann überlegte sie kurz und warf auch ihre georgische Science-Fiction-Sammlung hinterher, dazu noch ihre Holzkatzen, überlegte es sich anders, lief runter in den Innenhof und holte die Holzkatzen wieder hoch, warf stattdessen den Stabmixer aus dem Fenster, dann noch die Pappkiste, die sie für ihre Schmutzwäsche benutzt hatte, die Pappkiste, die sie für das Ablegen von Büchern und Krimskrams benutzt hatte, noch eine andere Pappkiste, die sie als Nachttisch benutzt hatte, und den Internetrouter, aber der hatte eh selten funktioniert. Nachdem sie ihren Koffer in einem Schließfach am Ostbahnhof deponiert hatte, beschloss Beverly, spazieren zu gehen. Vielleicht noch mal bei João klingeln, vielleicht noch mal bei Stani, vielleicht bei Mike, wer weiß.

Sie hatte Lust, jemanden zur Rede zu stellen, einfach *irgendwen* wegen *irgendwas* zur Rede zu stellen, jemandem eine Ohrfeige zu verpassen oder Hannover mit Mittelstreckenraketen zu attackieren. Stattdessen kickte sie nur Steinchen durch die Gegend und kaufte sich eine Flasche Rotwein am Kiosk, die sie im Gehen austrank. Ihr Entschluss, für immer aus der Stadt zu verschwinden, stand fest, sie wusste nur noch nicht, wohin sie wollte. Warschau war ihr zu ungemütlich, Prag zu albern und in Los Angeles schmeckte das Leitungswasser nicht. Als sie die Ringbahn erreicht hatte und noch zu keiner Entscheidung gekommen war, kehrte sie um und lief Richtung Westen.

Mittelmäßigkeit, dachte Beverly. Wohin man schaut Mittelmäßigkeit. Und darauf sind sie auch noch stolz, das nennen sie hier Lebensart. Sie hatte sich an der Tankstelle eine zweite Flasche Rotwein gekauft, von der sie je nach Ampelphase kleine, große oder mittlere Schlücke nahm und überlegte, ob sie noch ein letztes Mal bei João oder Stani vorbeischauen sollte, bis ihr einfiel, dass ja auch João und Stani mittelmäßig wie Zucchini waren. Und während sie weiter am Merlot nippte, überlegte sie, ob sie noch eine Ciao-das-war's-ihr-Nullen-SMS rausfeuern sollte, oder ob die beiden selbst das nicht verdient hatten.

Inzwischen war es dunkel geworden, und Beverly lief noch immer durch die Straßen. Taxen und Busse brausten in die Nacht, Tauben und anderes Geflügel flatterten dicht über den Denk-, Mahn- und Muttermälern der Hauptstadt. Die Tauben und Mütter mahnten zum Frieden.

– Seid lieb zueinander!, gurrten sie vom Himmel und

aus den Fenstern. Es half alles nichts. Während Beverly an hell erleuchteten Schaufenstern vorbeischlenderte, tobte die Stadt um sie herum. Sport- und Kinderwagen italienischer Fabrikation rasten über die Gehwege. Sven, 11 Jahre, schürfte sich beim Basketball das Knie auf. Waffenfabrikant Flottwell, 61 Jahre, verschickte Sturmgewehre nach Somalia. Scheinwerfer kreisten zwischen den Hochhäusern am Bahnhof Zoo, Rotorblätter schnitten durch die Luft. Polizeisirenen im Nebel, schrille Schreie im Regen, eine Verhaftungswelle überzog das Tiergartenviertel, korrupte Polizisten ermittelten im Nirgendwo.

Beverly lief die Friedrichstraße hinab, links und rechts leuchteten sahneweiße Neonreklamen, oben und unten waren Beton und Betonhimmel. Sie grübelte nach: Was nun, was tun? Noch mal von vorne anfangen? Den ganzen Kunstraub an den Nagel hängen? Warum hatte sie nichts Anständiges gelernt, etwa Sonnenstudiomanagement oder Inkasso? Das wäre eine solide Sache gewesen. Genau wie Abzockereien im Internet oder eine Karriere beim Zoll an der weißrussischen Grenze, da lag das Geld auf der Straße.

In diesem Moment vibrierte ihr Handy, SMS von Yves und Billy:

– He Dummkopf, warum antwortest du nicht? Schick mal deine IBAN, dann überweisen wir dir Kohle für Grundnahrungsmittel und Leggins vom Discounter. Y+B.

Während Beverly noch darüber nachdachte, das Handy gegen die nächste Hauswand zu schmettern, schlich sich jemand an sie heran und versuchte, ihr den Geldbeutel aus der Tasche zu ziehen. Der Dieb stellte sich jedoch so amateurhaft an, dass es Beverly fast leidtat und sie ihm das Geld gerne freiwillig gegeben hätte. Stattdessen trat sie ihm gegen das Schienbein und schlug ihm mit der flachen Hand auf den Hinterkopf.

– Hau ab!, rief sie ihm hinterher. Anfänger!

Wo waren die wahren Verbrecher geblieben, die kriminellen Giganten, die Großhirne des Eigentumdelikts? Das alles war Vergangenheit. Es sei denn –

Auf einmal bekam Beverly wieder Aufwind. Ihre Gedanken rasten, ihre Schritte federten über die Kreuzung, sie spürte den Anflug einer außerordentlichen Idee. So einfach würde ihr diese Stadt nicht davonkommen! Vor ihr leuchtete das Brandenburger Tor in der Nacht. Etwas blitzte in Beverlys Augen, etwas zuckte in ihren Händen, wie gebannt starrte sie nach oben. Da stand er, der Pferdewagen auf dem Brandenburger Tor. Den wollte sie haben, den würde sie sich holen und den würde sie nie wieder rausrücken. Das wäre ein Diebstahl, für den es sich zu leben lohnte.

Das Polizeipräsidium würde zu sieben Sondersitzungen zusammenkommen, die *London Times* acht Sonderausgaben drucken, die *New York Times* möglicherweise neun. Väter würden ihre Töchter wegschließen und Mütter ihre Söhne im Keller verstecken. Internationale Haftbefehle würden in alle Himmelsrichtungen verschickt, das Parlament müsste sie zur Staatsfeindin auf Lebenszeit ernennen. Ihre Brüder würden dastehen wie die letzten Idioten mit ihren Fabergé-Eiern, und Floyd würde nie wieder mitleidige Briefchen verschicken. Ja, darum ging es. Um nichts weniger. Und nichts weniger wollte Beverly Kaczmarek.

C

Der Beruf des Pferdediebs ist in der Bevölkerung wenig anerkannt. Natürlich gibt es den Ausspruch *Mit dem kann man Pferde stehlen*, und das ist immer nett gemeint. Aber wenn es jemand wirklich durchzieht, hört der Spaß sofort auf. Man wird auf Titelseiten und in Polizeireviere gezerrt, bekommt öffentliche Verachtung zu spüren, und wenn man beim Zahnarzt im Wartezimmer sitzt, kommt man nur mit größter Verzögerung dran. Der Pferdedieb hat es schwer. Das Risiko ist groß und der Verdienst gering. Vielleicht kann man als Junggeselle gut damit durchkommen, aber muss man erst mal eine Familie ernähren, stößt man finanziell schnell an Grenzen. Warum sollte also jemand diese Unannehmlichkeiten auf sich nehmen? Zum einen könnte es ja sein, dass die Pferde, die man stehlen möchte, gar nicht aus Fleisch und Blut sind, sondern aus Gold, Silber oder wenigstens Bronze. Zum anderen wäre es auch möglich, dass man völlig übergeschnappt ist. Und in diesem Fall hieß die Übergeschnappte Beverly Kaczmarek, geboren am 30.12.1999 im Universitätsklinikum von Opole.

Ihre Kindheit und Jugend verbrachte Beverly in einem Dorf namens Thule, das bei Laskowitz lag, das in der Nähe von

Budkowitz lag, das wiederum bei Opole lag, und saß da die ersten 18 Jahre ihres Lebens ab wie eine zu Mord-und-Papstbeleidigung-Verurteilte. Ihre Mutter war früh mit einem ukrainischen Geschäftsmann durchgebrannt, ihr Vater war selten da und ihre Onkel saßen abwechselnd im Gefängnis von Lubliniec.

Der einzig okaye Typ war ihr Großvater Sylvester Kaczmarek, legendärer Panzerschrankknacker und Oberhaupt des polnischen Kaczmarek-Clans, der inzwischen wild über die Welt verstreut lebte. Nach dem Fall des Eisernen Vorhangs hatte sich die Verwandtschaft in alle Himmelsrichtungen verteilt: Es gab Tanten und Onkel auf Kap Verde und Kuba. Neffen und Nichten in Uruguay und Israel. Cousins und Cousinen in Antwerpen, Taschkent und Beirut. Doch wenn man aus dem Fenster schaute, unter dem Beverlys Bett stand, sah man nur das verdammte Thule.

Als Beverly ihren Großvater das erste Mal sah, sprang er aus einem wassermelonengrünen Peugeot 504, mit dem er zuvor hupend um die Kirche gedriftet war. Eine gigantische Sonnenbrille verbarg die Hälfte seines Gesichtes und eine viel zu große, dutzendfach geflickte Adidas-Trainingsjacke hing von seinen Schultern. Mit schnurrender Stimme wünschte er ihr einen herrlichen Abend, reichte seine Visitenkarte und stellte sich als *Fürst von Rio* vor. Er selbst, sagte Sylvester Kaczmarek, sei nicht nur ihr Großvater, sondern auch zur Hälfte Kasache und zu einem Drittel Kolumbianer.

– Zu einem Drittel?, fragte Beverly, wie soll denn das gehen?

– Du bist viel zu jung, um das zu verstehen. Also frag nicht!

Beverly schaute böse und spuckte vor seine Füße.

– Wo warst du die letzten 12 Jahre?

– Hatte zu tun. Muss auch gleich wieder weg.

Beverly nickte und sie gingen ein Stück.

– Hat dein Vater mal was von mir erzählt?

– Nein. Der mag dich nicht.

Sylvester fragte seine Enkeltochter noch nach ihren Sportnoten, erkundigte sich, ob sie wüsste, wie man einen simplen Telefonbetrug durchzieht, und steckte ihr einen 5000-Rubel-Schein zu. Er versprach, in ein paar Wochen wieder vorbeizuschauen, und sollte dann noch eine Kopeke übrig sein, wäre er verdammt enttäuscht.

– Und? Wie läuft's sonst mit der Familie?

– Weiß nicht. Alle nerven.

Sylvester nickte wissend, zog ein Päckchen Papierosy aus der Jackentasche und bot seiner Enkelin eine an.

– Heute nicht, lehnte Beverly ab.

– Nichtraucherin?

– Klar, ich bin erst zwölf Jahre alt.

– Na und? Deine Urgroßmutter hat mir Lungenzüge beigebracht, als ich vier war.

Abgesehen davon, dass ihre komplette Verwandtschaft aus Kriminellen bestand, erlebte Beverly eine ganz normale Kindheit. Sie verknotete die Schnürsenkel fremder Menschen unter dem Tisch und spielte 1–2-3-Ich-knall-dich-ab auf dem Sportplatz. Manchmal trat sie gegen Bälle, manchmal trat sie neben Bälle. Hin und wieder fuhr sie nach Opole, um irgendeinen Krimskrams zu klauen oder den Menschen am Hauptbahnhof zuzusehen, wie sie ihre Züge verpassten. Die Jahre vergingen, und Beverlys Hobbys blieben konstant unsolide. Sie brach Kaugummiautomaten auf und Mercedes-Sterne ab. Sie sah der Fußballmannschaft von Kluczbork heimlich beim Duschen zu. Sie träumte davon, eine große Reise nach Moskau oder Mexiko zu unternehmen.

Und je älter sie wurde, desto dicker wurden die Dinger, die sie drehte. Ihr Vater Floyd Kaczmarek war stolz auf sie. Ihren ersten richtigen Diebstahl hatte sie mit fünf Jahren im Baumarkt begangen. Ihren zweiten mit sieben, da war es die Brieftasche des Bademeisters. Mit acht brach sie das erste Mal in das Haus der Nachbarn ein, als die gerade im Urlaub waren. Sie entwendete Handtaschen, Autoschlüssel oder die Kreditkarte des Schuldirektors. Mit 14 knackte sie drei Bankautomaten und räumte den Tresor von Osowskis Juwelierladen aus. Und jeden Dienstag und Donnerstag trainierte Beverly Kung-Fu in der Mehrzweckhalle, weil sie es cool fand, dass Kung-Fu wörtlich übersetzt »Hart erarbeitete Fertigkeit« heißt, aber auch weil sie jeden vermöbeln wollte, der ihr an der Bushaltestelle blöd kam.

Auch mit ihren Brüdern gab es häufig Streit. Yves war zwei Jahre älter und Billy drei, trotzdem verpasste sie beiden regelmäßig Kinnhaken, und das musste sie auch, weil Floyd selten einschritt und Yves und Billy so gut wie alles durchgehen ließ: dass sie Beverlys Videokassetten, auf denen sie alle Folgen *Turbo Baloo* aufgenommen hatte, mit Softpornos aus dem Spätprogramm überspielten. Dass sie ihre *South Island Giant Moa*-Spielfiguren im Klo runterspülten. Dass sie sich mit ihrer Zahnbürste unter den Achseln schrubbten und trotz eindeutiger Beweise alles abstritten. Dass sie abstruse Evolutionstheorien am Frühstückstisch hinausposaunten. Dass sie ihr ständig den Arm umdrehten. Dass sie sie ein Jahr lang nur »Dicke Maus« nannten. Dass sie Beverly ständig in die Hecke schmissen. Dass sie das Marihuana aus der Blechdose unter ihrem Bett wegrauchten. Dass sie ihr einmal die Goldhamster der Nachbarskinder ins Bett schmissen, während Beverly gerade einen höllischen Johannisbeerwodkakater auspennte. Dass sie ihr zu ihrem 16. und 17. Geburtstag nichts außer zwei Ohrfeigen schenkten.

Als Floyd auf Diebestour nach Baden-Baden ging, fragte er Yves und Billy, ob sie ihn begleiten wollten, wobei Beverly außen vor blieb (Gründe: zu jung, kein Führerschein, schlechtes Handling mit dem Schlagbohrer), was sie maßlos ärgerte. Sie ging auf ihr Zimmer, lungerte ein paar Stunden herum und stand mitten in der Nacht auf. Sie ging zum Parkplatz am Ende der Straße, brach den Benz ihres Vaters auf und fuhr ihn in den nahe gelegenen Badesee. Dann legte sie sich wieder schlafen.

Ein paar Wochen später war Beverly auf Klassenfahrt in Paris und furchtbar aufgeregt. Jetzt würde sie es allen zeigen. Sie spazierte über die Boulevards und saugte das Licht auf, die Schwingungen, die Stimmen. Nein, das war nicht Opole. Das war auch nicht Baden-Baden. Das war viel besser. Gleich am nächsten Abend wollte sie das Musée Marmottan besuchen und sich ein Morisot-Pastell unter den Nagel reißen. Doch dann ging alles schief. Zuerst verfuhr sie sich mit der Metro, dann merkte sie, dass sie ihre Werkzeugmappe vergessen hatte, und als sie endlich ankam, fand sie das Museum gründlich bewacht vor. Die Sicherheitsvorkehrungen waren enorm. Kameras, Infrarotsensoren, der neueste Hokuspokus. Beverly lief grimmig durch die umliegenden Straßen, kaufte sich ein Eis, fotografierte wahllos Dinge, klemmte sich eine Tüte Croissants unter den Arm. Dann kehrte sie um, tigerte durch den Park gegenüber des Museums und studierte erneut die Sicherheitsvorkehrungen.

– Ihr leidet hier wohl unter Verfolgungswahn, rief sie einem Wachmann zu, den sie bei der Zigarettenpause erwischte.

– Pardon?

Sie deutete auf das Museum:

– Wohl größenwahnsinnig geworden, was?

Mit leeren Händen trat Beverly die Rückreise nach Thule an. Als der Bus wieder in die Oleska einbog, hämmerte sie ihre Stirn an den Vordersitz. Was sollte sie noch hier? Abgesehen davon, dass sie manchmal mit den Jungs aus den Nachbardörfern rummachte, mit Arkadiusz und Jacek und Wojciech und Lukasz, dessen Vater sie immer ein paar Scheine aus dem Mantel fischte, und Bartosz, dem sie mal den Nintendo mit allen Spielen gezockt hatte, würde sich hier nichts Aufregendes ereignen. Doch dann, an einem Donnerstag im Juli, traf sie auf dem Postamt von Opole einen Mann, bei dem war alles anders. Vor ihr stand Antoni Poznanski, Ex-Tankstellenräuber und Postbeamter auf Bewährung. Er hatte eine Nackentätowierung, die mehrere Wiesel im Liebesspiel zeigte (Gelbbauchwiesel, Baumwiesel, Streifenweisel), und die brutalsten Augen der Stadt. Für Augen konnte sich Beverly bisher überhaupt nicht begeistern, Augen fand sie im Grunde uninteressant. Doch damit war nun Schluss. Wann immer es ging, ließ sie sich von ihrem Vater nach Opole schicken, um ein Paket aufzugeben oder neue Briefmarken zu holen, um in Poznanskis Räuberaugen zu schauen. Während Floyd darauf tippte, sie hätte einen Brieffreund in Übersee, vermuteten Yves und Billy, sie würde irgendein perverses Postverbrechen aushecken. Nur die Möglichkeit eines attraktiven Postbeamten zog keiner in Betracht.

Unabhängig davon sah Antoni Poznanski für die meisten Menschen auch nicht sonderlich attraktiv aus. Er hatte eine Schurkennase, Ganovenohren, Zementiererdaumen, salatgurkengroße Narben auf dem Rücken und einen pechschwarzen Schnurrbart, der beim Gehen in der Luft wippte. Beverly hatte die Pläne für ihre gemeinsame Zukunft schon genau im Kopf (Sex, genialische Postverbrechen, wieder Sex, wieder Postverbrechen), doch bevor es dazu kam, raubte Poznanski zwei weitere Tankstellen aus und wurde verhaftet.

Ein paar Tage später feierte Sylvester seinen 80. Geburtstag, was ihm die passende Gelegenheit gab, den halben Clan einzuladen und sich im Garten bewusstlos zu trinken. Er selbst legitimierte die Zeremonie damit, dass es die uralte Familientradition verlange, sich zwischen ewigen Birken ins Koma zu schießen, wobei das der Rest der Familie eher als uralte Sylvester-Kaczmarek-Tradition bezeichnet hätte. Im Schuppen standen 50 Flaschen Żołądkowa, der

DJ spielte litauischen Schlager, Lampionketten waren über die Hecken geschmissen und Beverly hatte die Makarow-Magazine der Cousins aus Babrujsk vorsichtshalber im Gebüsch versteckt.

Je länger die Nacht dauerte, desto lauter stritten sich Floyd (mintgrüner Adidas-Trainingsanzug) und Sylvester (honiggelber Adidas-Trainingsanzug) und am heftigsten stritten sie über ihr Lieblingsthema, die Kunst des Eigentumsdelikts. Während der größere Teil der Kaczmareks die naturalistische Herangehensweise bevorzugte (Zitat: So wie der Löwe das Zebra reißt, so muss man einbrechen), favorisierte Sylvester eine subtilere, futuristische Art:

– Futurismus ist keine Ästhetik, es ist eine Lebenshaltung. Du musst futuristisch wohnen und denken. Futuristisch lieben und atmen. Und wenn du einbrichst, dann eben auch futuristisch, was denn sonst! Euer herkömmlicher *Krimineller Realismus* gehört dagegen der Vergangenheit an, das ist geschmacklos, das muss abgelehnt werden, skandierte Sylvester über den Rasen torkelnd.

– Was sollen die noblen Worte?, rief Floyd, der Sylvester hinterhergetorkelt kam und ihn am Kragen seines Trainingsanzugs packte. Die Sache ist doch klar: Da ist das Geld und da bist du. Dazwischen liegt ein Raum. Dieser Raum muss überwunden werden.

Der darauf folgende Ringkampf verlief in Bodennähe und wurde erst unterbrochen, als Onkel Ilya (wild gekämmt, wild tätowiert, Träger einer pflaumenfarbenen Adidas-Trainingshose) eine schmissige Rede hielt, die er damit beendete, seinen Revolver zu ziehen und allen Sektflaschen in der Umgebung den Hals abzuschießen. Das allgemeine Chaos, das daraufhin ausbrach, wurde noch weiter angefacht, da Yves und Billy die Schüsse ihres Onkels als Aufforderung verstanden, ihrerseits mit der Kalaschnikow in den Wald zu feuern. Schon vorher hatten die beiden die Luft aus allen Autoreifen gelassen, sodass der Kaczmarek-Clan zu Fuß durchs Dorf rannte, bis Sylvester die meisten wieder beruhigt hatte und die Feier weitergehen konnte.

Noch etwas später am Abend debattierten Floyd und er über Beverlys Zukunft und gestikulierten wild auf sie ein.

– Das Mädchen sollte bei Doc Jimenez in die Lehre gehen, riet der Patron, das ist der beste Panzerschrankknacker östlich der Sierra Nevada.

– Unsinn, funkte Floyd dazwischen, bei Chang Chow, der PS-Queen von Silverstone, bei der kann sie was lernen!

– Was? Auf die Insel der Langweiler willst du das Kind schicken?, zischte Sylvester und blickte mit funkelnden Augen durch den Garten. Die sprechen da doch höchstens Englisch, die Sprache der Versicherungsvertreter und Immobilienmakler. Kein Wort Polnisch verstehen sie, keine Silbe Russisch, nicht mal des Italienischen sind sie mächtig! Wie soll man sich da fachkundig artikulieren?

– Keine Sorge, sagte Beverly, die gerade eine neue Flasche entkorkte, ich dachte auch eher an Paris, wenn dir das was sagt.

– Paris? Na klar sagt mir das was! Das Rom des Nordens! Schon tausend Mal gewesen. Aber was willst du da? Ist doch schrecklich.

– Wie wär's dann mit Berlin? Hab gehört, da soll's auch okay sein.

– Berlin?, sagte Sylvester. Das ist ja wohl das Letzte.

– Das Allerletzte, stimmte Floyd mit ein.

– Das Letzte vom Allerletzten.

– Das Allerletzte vom Allerletzten.

– Geht echt gar nicht.

– Was willst du da überhaupt?

– Deutsche beklauen.

– Ach so, sagte Sylvester, sag's doch gleich. Onkel Borys hat seinen Import-Export-Club in Berlin, da kannst du sofort mit einsteigen.

– Eigentlich dachte ich eher, mich an der Uni für Kunstgeschichte einzuschreiben.

– Kunstgeschichte?, rief Floyd. Bei dir brennt's wohl! Was kommt als Nächstes? Klavierunterricht?

– Lass sie halt! Sie findet es eben anständig, sich mit den Sachen zu beschäftigen, die sie stiehlt.

Dann schnappte sich Sylvester die Flasche und rollte quer über die Wiese. Dort sang er alte Räuberlieder (*Zwei Hunde auf dem Weg nach Süden*, *Liebe am Vormittag*, *Ohne Alkohol nichts los*), trommelte mit Stöcken auf den Baumstämmen herum und krakeelte diverse Parolen, bis Yves und Billy losgeschickt wurden, um den Alten wieder einzufangen. Für den Versuch hagelte es Ohrfeigen und Schienbeintritte, Sylvester ruderte mit Armen und Beinen in der Luft wie ein Apache-Helikopter, der nach einem Volltreffer in den Heckrotor unkontrolliert Richtung Boden trudelte.

– Ich hab Majdanek überlebt, ich hab die Kommunisten überlebt, die Bürokraten, die Nationalen, ich hab das Essen eurer Großmutter überlebt. Meint ihr etwa, da lasse ich mir von euch was sagen, ihr Haselmäuschen?

Am nächsten Wochenende telefonierte Beverly mit ihrer Mutter und teilte ihr mit, dass sie keinen Bock mehr hatte auf die elende Schule und das elende Thule und dass sie früher oder später, aber wahrscheinlich früher nach Berlin abhauen würde. Der Entschluss stehe fest, und auch Floyd hätte grünes Licht gegeben. Dass Floyd dabei zwei Promille hatte, sagte sie nicht. Der Lover ihrer Mutter, der ukrainische Geschäftsmann Leonid Gapurow (er verkaufte Möbel und Medikamente übers Internet: ukrainische Medikamente nach Weißrussland, weißrussische Möbel in die Ukraine), hatte das Telefongespräch mitgehört und mantelte sich mächtig auf.

– Was, wie, Studium? Du hast doch gar keinen Schulabschluss! Und warum denn bitte Kunstgeschichte? Komm doch lieber zu uns nach Czernowitz! Hier kannst du alles werden. Hörst du: Alles!

Für Leonid Gapurow war Czernowitz nicht nur die Perle Osteuropas, es war die Praline unter den Städten. In seinen Möbelhändler-Augen verband Czernowitz die besten Eigenschaften aller ukrainischen Städte miteinander: den Charme Lwiws, die Infrastruktur Dnipropetrowsks, die Weltoffenheit Odessas, die Geschäftigkeit Charkiws. Er selbst hatte an der *Jurij-Fedkowytsch-Universität* Bauingenieurwesen studiert und schwärmte davon eine halbe Stunde am Telefon, ehe Beverly kommentarlos auflegte, was Gapurow dazu verleitete, einen Wutanfall zu bekommen und ihr sämtliche finanziellen Mittel zu streichen.

Doch Geld war Beverlys kleinstes Problem. Mit Geld hatte sie noch nie Schwierigkeiten gehabt und mit Geld würde sie auch während ihres Studiums nie Probleme bekommen. Zum einen lag es daran, dass ihr gesamtes Studium nur zwölf Tage dauerte, bevor sie es wieder abbrach. Zum anderen, dass sie das *Karl-Marx-Stipendium* der Berliner Sparkasse bekam. Fairerweise muss man sagen, dass das kein richtiges Stipendium war, sondern damit zu tun hatte, dass sie vor Semesteranfang in die Sparkassenfiliale Karl-Marx-Straße eingestiegen war, 30 Schließfächer aufgebrochen und Schmuck, Dokumente und Bargeld im Wert von 80.000 Euro erbeutet hatte.

Als Beverly ein paar Wochen später von ihrer Mutter und Gapurow Besuch bekam, kam es wieder zum Krach. Sie fuhren mit dem Finger über die staubigen Heizungsrohre und hatten an allem etwas auszusetzen: an den Sirenen der Ambulanzen, der Temperatur des Leitungswassers, der Knusprigkeit der Frühstücksbrötchen.

– Das ist doch keine Stadt für eine junge Frau, rief Gapurow und fuchtelte mit seinem Sesambrötchen in der Luft herum, schon gar nicht für eine junge Polin!

– Was soll das heißen?, fragte Beverly.

Sie war zwar in Polen aufgewachsen, doch fühlte sich nicht als Polin. Genauso wenig wie sie sich jetzt als Berlinerin sah. Sie lebte in Europa, doch hätte sie sich nie als Europäerin bezeichnet. Sie war Bürgerin des Weltalls.

– Und das mit Recht, Monsieur.

D

Warum Beverly nun wollte, was sie wollte, die Quadriga stehlen und nie wieder rausrücken, ist schwer zu erklären. Genauso schwer, warum manche auf Marzipanhörnchen stehen, andere auf Fesselspiele und wieder andere auf konservative Volksparteien. Kann man nur spekulieren. Hat womöglich was mit schlechter Erziehung zu tun oder mit Zufällen, und in Beverlys Fall vielleicht auch mit Größenwahn und verweigerter Anerkennung und Rache und Blutwurst.

Großbrände anfachen, brandschatzen und plündern. Das war es, was Beverly Kaczmarek wollte. Und dann weinen, viel weinen, bis die Tränen alle Brände gelöscht hatten und Chrysanthemen und Reihenhaussiedlungen aus der Asche hervorwuchsen. Aber war es nicht das, was alle wollten?

Ihr Plan für *Operation Q* (wobei Q zweifelsfrei für *Quadriga* stand) sah vor, die Gegend um das Brandenburger Tor auszukundschaften, doch als Erstes wollte sich Beverly ein Fernglas besorgen. Bisher war sie zwar auch ohne ausgekommen, aber es schien ihr merkwürdig, dass sie keines besaß. Die ganze Welt wäre einem viel näher. Man selbst wäre der Welt ferner. So weit die Theorie, die sie der Kellnerin im *Café Rakete* erklärte.

– Was denn nun, fragte diese, ferner oder näher?

– Ist doch egal. Beides hat Vorteile.

Beverly stellte sich vor, wie sie mit ihrem neuen Fernglas stundenlang über den Dächern der Stadt sitzen würde. Recherche und Observation wären ein Kinderspiel, nichts würde ihr entgehen. Die Sache war klar: Beverly wollte sofort losziehen und sich eins besorgen. Schön sollte es sein, nicht zu alt, nicht zu neu, ein zeitloses Gerät, das höchste Ansprüche befriedigte.

Schon öfter war sie am Fernglasfachhandel in der Weichselstraße vorbeigekommen, wo ein paar Modelle im Schaufenster lagen, doch kleine Geschäfte waren Beverly verdächtig. Nie hatte man Zeit, sich in Ruhe umzusehen, immer wurde man mit persönlicher Beratung belästigt. Außerdem: Wer kaufte schon Ferngläser? Perverse, Förster, Reaktionäre. Mit dieser Klientel wollte sie sich keine Türklinke teilen. Also lieber gleich zu Karstadt, wohin auch sonst.

Fünf Exemplare lagen am Rand der Abteilung Haushaltswaren für sie bereit. Beverly schaute sich um: kein Verkäufer in Sicht, kein Kaufhausdetektiv in Reichweite, nur ein paar Babuschkas, die über Gewürzmühlen debattierten. Beverly betrachtete die fünf Modelle ausgiebig. Eines schied sofort wegen seiner Farbe aus (Barockgelb), ein anderes war auf den ersten Griff zu unhandlich und das Dritte schmiss sie aus Versehen auf den Boden, sodass es eine Delle bekam. Die zwei verbliebenen Modelle ähnelten sich zwar vom Aussehen, waren aber vom Preis grundverschieden. Sie nahm zuerst das billige aus dem Regal, wog es in der Hand und riskierte einen Blick durch die Gläser. Das Ergebnis überzeugte keineswegs. Sie versuchte es mit dem teuren, das sie allerdings noch mehr enttäuschte. Vielleicht müsste man es auf den Himmel richten, dachte sie, oder eine Landschaft ins Visier nehmen, womöglich auch den Horizont. Nur so könne das Gerät vermutlich seine Fähigkeiten ausspielen. Und sollte sie immer noch nicht überzeugt sein, dann würde sie es eben wieder zurückbringen und das andere mitnehmen. Aber wirklich glaubte sie nicht daran. Die Vergangenheit hatte gezeigt, dass Beverly Kaczmarek niemand war, der Dinge zurückbrachte.

Sie fuhr mit dem Fahrstuhl in den fünften Stock und kletterte aufs Parkdeck. Dann holte sie das Fernglas unter ihrem Anorak hervor, richtete es auf die Hochhäuser am Treptower Park, suchte den Stadtrand, schaute in Wohnungen, entdeckte jemanden, der ebenfalls mit einem Fernglas spionierte, verfolgte einen Wanderfalken, der in der Dämmerung kreiste, aber weder die Internationale Raumstation noch die Seelen der Menschen kamen für sie in Reichweite. Man konnte mit einem Fernglas weder in Vergangenheit noch Zukunft blicken, konnte nicht durch Mauern und in Herzen sehen. Und überhaupt: Sie hatte sich die ganze Sache ganz anders vorgestellt. Kleine unfreundliche Tropfen trommelten gegen das Parkdeck, ein schiefergrauer Mond zog auf, es wurde ungemütlich. Im Bus nach Hause schrieb sie einen Plan für die nächsten Tage (Phase 1: Materialbeschaffung und Nachdenken. Phase 2: Observation und intensives Nachdenken. Phase 3:

Körperliches Training und Ausräumen jeglicher Zweifel. Phase 4: Attacke) und nahm sich vor, am nächsten Morgen an die Arbeit zu gehen.

Ihr Wecker klingelte um neun, der Hausmeister um sieben, dazwischen der Postbote um acht. Um zehn gab es Frühstück, und kurz nach elf war Beverly auf dem Weg zum Landesdenkmalamt, wo sie vorhatte, Einbruchsstudien zu betreiben. Das Wetter war erbärmlich, und Beverly zog sich zwei Mohairpullover übereinander, bevor sie das Haus verließ. Sie lief über die erste Straßenkreuzung, passierte die zweite, wartete kurz an der dritten, überquerte die vierte. Der November war inzwischen mit Vollgas in die Stadt gerollt und behinderte das öffentliche Leben mit seinen zwei Grad Celsius. Am Mariannenplatz patrouillierten die Dealer und versuchten, neue Kundschaft zu akquirieren:

– Crack! Frisches tschechisches Crack! Jemand frisches tschechisches Crack?

Daneben froren die Zeitungsverkäufer mit der Mittagsausgabe, die titelte: *Skandal um Vidović. Wetter-Guru Vidović immer noch auf freiem Fuß.* Im Café auf der anderen Straßenseite verspeiste Polizeipräsident Schulz-Lamar ein Pilz-Omelett. Die Dame, die ihn unter dem Tisch unentwegt mit ihrem großen Zeh berührte, war zu jung, um seine Gattin und zu alt, um seine Tochter zu sein. An der Bar gegenüber saß Privatdetektiv Orlov mit seiner Kamera und versuchte aus spitzem Winkel, den verdächtigen Zeh ins Bild zu kriegen. Ein Bild für die Ewigkeit gelang ebenso dem Maler Giannopoulos, der in seinem Atelier in der Waldemarstraße eine noch nie da gewesene Farbe schuf (es war eine Mischung aus Weizen und Rauch). Sein Galerist Max

Löwenstein telefonierte mit Sammlern in Guangzhou und trieb die Preise in die Höhe, bevor er an einen schüchternen Milliardär in Kuwait City verkaufte.

Es war mittlerweile Punkt zwölf. An den Straßenecken drehten sich die Fleischspieße und dampften in den Himmel. Gemüsehändler riefen ihre Ware aus. Ein jeder kaufte Pralinen bei Pralinen-Yildirim in der Manteuffelstraße (Slogan: Nur der Tod ist süßer). Yildirims Pralinen waren die besten im Viertel, das war allgemein bekannt. Nur Beverly würdigte sie keines Blickes, sie hatte anderes im Kopf. Schon vor zwei Minuten waren ihr die Männer aufgefallen, die am Zeitungsstand lümmelten und die *Neue Zürcher Zeitung* durchblätterten. Niemand in Kreuzberg las die *Neue Zürcher Zeitung*. Nicht mal in Zürich las man die *Neue Zürcher Zeitung*, ja, wahrscheinlich nicht mal die Redakteure der *Neuen Zürcher Zeitung* lasen die *Neue Zürcher Zeitung*. Und schon gar nicht den Sportteil, wie die zwei Typen, die am Kiosk standen und sich nicht entscheiden konnten, ob sie eher wie Auftragsschläger oder Zivilpolizisten aussehen wollten.

Beverly überquerte die nächste Kreuzung und blickte sich unauffällig um, sie konnte die beiden nicht mehr entdecken. Etwas blitzte auf dem Dach gegenüber. Womöglich eine Antenne, vielleicht die Mittagssonne, unwahrscheinlicherweise ein Präzisionsgewehr. Noch bevor sie weiter darüber nachdenken konnte, betrat sie reflexhaft den nächsten Laden, der auf dem Weg lag. Eine hellblaue Neonschrift gab Auskunft über Geschäftsfeld und Besitzverhältnisse:

ARMENISCHES SCHNITTBLUMENDEPOT
BERGKARABACH
– SONDERWÜNSCHE SIND UNS NICHTS NEUES –
INHABER: KASIMIR ANASTASSJAN III.

Ob es eine Toilette geben würde, fragte Beverly. Nein. Ob es bitte schön einen Hinterausgang geben würde? Leider nicht. Dann würde sie sich mal nach den Schnittblumen umschauen. Ob es etwas Bestimmtes sein sollte? Ja, sagte Beverly, nicht zu teuer, nicht zu billig, exaltiert und international, genau das Richtige für eine alleinstehende Frau mit Geschmack. Der Verkäufer, es war Anastassjan senior, fackelte nicht lange und legte ihr eine seltene Sorte kalabresischer Strohblumen ans Herz. Beverly, die nicht richtig zuhörte und aus den Augenwinkeln beobachtete, was vor dem Laden vor sich ging, legte keinen Widerspruch ein und prüfte mehrere Kakteentöpfe auf ihre Schlag- und Stichfestigkeit als Verteidigungswaffe. Dann schnitt Anastassjan das Ende der Stiele zurecht und wickelte den Strauß in den Wirtschaftsteil der *Neuen Zürcher Zeitung*.

Gerade als ihn Beverly deswegen misstrauisch beäugte, öffnete sich die Ladentür und Ferenc Hotfilter streckte seinen Kopf hinein.

– Sie kaufen Blumen? Gut, gut. Ich habe Sie von der Straße aus gesehen, da dachte ich mir, ich schaue mal rein. Wollen wir nicht ein paar Schritte zusammen gehen?

– Wenn Sie mich so fragen: Nein.

Beverly warf ein paar Münzen auf den Tisch, schnappte sich den Strauß und rauschte aus dem Laden. Dem Kommissar fiel es schwer, Schritt zu halten. An der nächsten

Ecke sah sich Beverly um und warf argwöhnische Blicke in den Himmel, wo nun ein Helikopter kreiste.

– Sie haben das ganze Spektakel doch hoffentlich nicht wegen mir angeordnet?

– Ich weiß nicht, wovon Sie reden, ich gehe nur spazieren, schnappatmete Hotfilter und versuchte, sich eine *Caraux* anzuzünden.

– Hören Sie mal, Kommissar: Was wollen sie eigentlich von mir?

– Nichts, ich wollte nur plaudern. Haben Sie Feuer?

– Schon möglich.

Die Ampel schaltete auf Grün, und Beverly beschleunigte aus dem Stand auf flotte 15 km/h. Hotfilter wieder im Dauerlauf hinter ihr her.

– Falls es Sie interessiert: Wir haben im Marmorpalais keine Fingerabdrücke gefunden, und auch die Videoauswertung gibt nichts her, was uns ein mittelmäßiger Anwalt nicht sofort um die Ohren hauen würde.

Zu seiner Überraschung legte Beverly jetzt eine Vollbremsung ein.

– Gut, was wollen Sie dann von mir?

– Wenn Sie schon so fragen: Es gibt da jemanden, an dem ich großes Interesse habe, und ich dachte, Sie könnten mir da vielleicht weiterhelfen.

– Dann lassen Sie mal hören.

Der Kommissar zog erneut sein Feuerzeug aus der Tasche und versuchte, seine Zigarette anzuzünden.

– Ich denke, Ihnen sagt der Name Maximow etwas? Nachtklubbesitzer, Kunstmagnat, Immobilienhai. In einschlägigen Kreisen auch *Boy Maximow* genannt.

– Noch nie gehört von Ihrem Haifisch.

– Sicher?

– Schwör' ich direkt aufs Grundgesetz.

– Gut, dann helfe ich Ihnen auf die Sprünge. Maximow besitzt eine Sammlung seltener Wedgwood-Vasen, die er dem Marmorpalais für eine Sonderausstellung zur Verfügung gestellt hat. Dumm nur, dass eine davon fehlt. Und dumm auch, dass eine andere zerbrochen wurde. Und all das dürfte zu sehr schlechter Laune bei Herrn Maximow führen, der dafür bekannt ist, recht großzügig mit Gewalt umzugehen.

– Alles klar, hab's kapiert. Warum erzählen Sie mir das jetzt?

– Früher oder später wird er herausfinden, dass Sie das waren.

– Ist das eine Drohung?

– Nein, nur ein Angebot. Helfen Sie mir, dann helfe ich Ihnen. Also?

Beverly krallte sich in Hotfilters Ärmel und flüsterte:

– Herr Kommissar.

– Ja?

– Ihr Pullover brennt.

Sie trat einen Schritt zurück. Eine kleine Flamme fräste sich in das Rautenmuster, knapp unterhalb seines Bauchnabels. Hotfilter warf sich auf den Boden und wälzte sich auf dramatische, etwas übertriebene Art auf dem nassen Asphalt. Als er damit fertig war, stand er auf und schaute sich um. Nur ein Strauß Blumen lag auf der Liegnitzerstraße. Wie zu erwarten, war Beverly Kaczmarek hinter der nächsten Ecke verschwunden.

E

Bevor *Operation Q* endgültig anrollen konnte, hatte Beverly beschlossen, sich ein neues Versteck zu suchen. Alles andere wäre fahrlässig gewesen, und zwar nicht auf coole, godardfilmhafte Art fahrlässig, sondern grob fahrlässig, das war spätestens seit dem zweiten Treffen mit Hotfilter völlig klar.

Am Samstagvormittag saß sie im *Café Rakete* und studierte die Annoncen in der *Morgenpost*, doch keines der Angebote konnte ihren Ansprüchen gerecht werden. Sämtliche Kreuzberger Wohnungen schienen seit Neuestem lichtdurchflutet, elegant geschnitten, und verdammt teuer zu sein. Das war nichts für Beverly. Beverly wollte eine finstere Bude, dafür gerne billig wie Discounterdeodorant, je zwielichtiger, desto besser. Sie knüllte die Annoncen zusammen und entschied, sich erst mal auf dem Schwarzmarkt im Treptower Park umzuhören.

Richtig viel ging da zwar nicht (Grund: Nieselregen, Minusgrade, vermehrte Razzien, angeordnet vom Polizeipräsident persönlich), dafür bekam sie den Tipp, sich mal in der Suppenküche gegenüber der Vietnamesischen Handelsvertretung umzuhören, dort wäre man wohl notorisch gut informiert, was den halb offiziellen Wohnungsmarkt angehe. Und tatsächlich, kurz darauf wurden ihr zwei äußerst zwielichtige Objekte in Aussicht gestellt. Beverly beschloss, beide zu mieten.

Die erste Wohnung lag im Dachgeschoss eines Altbaus in der Waldemarstraße 57. Die Dusche war in der Küche und die Küche gleichzeitig der Flur. Das Treppenhaus stand unter Wasser, es war herrlich. Beverly gefiel die Wohnung auf den ersten Blick. Das lag vor allem daran, dass man aus dem einzigen Fenster bequem ein- und aussteigen konnte, und so auf die Dächer aller umliegenden Häuser gelangte. Die zweite Wohnung war im Prinzip überhaupt keine Wohnung, sondern eher eine Garage, lief offiziell als Gartenlaube, hatte weder Fenster noch Toilette, und lag am Stadtrand hinter Spandau. Auch das kam gut an. Hier würde sie ihr zweites Versteck aufschlagen.

Mit ausgezeichneter Laune, ausgezeichneter Frisur, knackenden Fingerknöcheln und hochgekrempelten Ärmeln spazierte Beverly umher und befühlte die unverputzten Wände. Das alles war schon ziemlich super, jetzt musste sie nur noch ein paar Sicherheitsvorkehrungen einbauen und die Nachbarn observieren. Bei Nachbarn konnte man böse Überraschungen erleben. Entweder waren sie beim Verfassungsschutz oder neugierige Rechte oder neugierige Rechte beim Verfassungsschutz. In der Waldemarstraße war der Verdacht jedoch unbegründet. Fast alle Mieter waren Künstler, die in dem abgehalfterten Gebäude ihre Ateliers hatten.

Konstantinos Giannopoulos, ein haariger Mazedone mit kleinen Händen (Beverly fand ihn eigentlich ganz niedlich), hatte sein Atelier direkt nebenan, sodass sie gleich mal vorbeischaute und die neuesten Landschaftspanoramen (die Insel Thasos um 1920 / Die Küste Sithonias um 1290 / Der Berg Athos um 2190) begutachtete.

– Nicht schlecht, urteilte Beverly und hatte in ihrer Analyse durchaus recht. Giannopoulos war ein Gott an den Pastellfarben. Mit Kennermiene machte sie ihn auf die laschen Sicherheitsstandards seines Ateliers aufmerksam, doch Giannopoulos winkte ab und ließ die Tür demonstrativ offen stehen. Beverly wurde sofort klar, dass man so das geringste Interesse verlor, einzubrechen. Giannopoulos, schien ihr, war nicht nur ein genialer Künstler, sondern auch ein psychologisches Genie.

Ein paar Tage später waren sämtliche Sicherheitsvorkehrungen abgeschlossen, und es war Zeit, in Phase 2 überzugehen. Beverly beschloss, technische Informationen über die Quadriga einzuholen (das war nicht nur professionell, das war auch sinnvoll), und die bekam sie im dritten Stock des Landesdenkmalamtes, Zimmer 311, zweiter Aktenschrank, viertes Fach von oben.

Ohne Mühe hatte Beverly ein schlecht gesichertes Seitenfenster geknackt und war am verpennten Sicherheitsdienst vorbeigeschlichen. Hatte er ein Auge für das Verbrechen, das um ihn herum geschah? Hatte er Respekt vor der Kunst krimineller Gehirne? Er hatte es nicht. Beverly war darauf gefasst, das Fenster aufzuflexen – und fand es gekippt vor. Sie hatte sich einen besonderen Kniff für die Alarmanlage ausgedacht – und musste feststellen, dass es reichte, den Stecker zu ziehen. Sie war darauf eingestellt, auf geheime Sensoren zu stoßen, und hatte nachmittags noch in der Kletterhalle geübt – doch alles was sie vorfand waren Sicherheitsmaßnahmen aus den frühen 90er-Jahren. Versteckte Kameras? Fehlanzeige. Das alles war traurig, allzu traurig.

Als Beverly den Raum mit dem richtigen Aktenschrank gefunden hatte, wühlte sie sich durch die Unterlagen. Das Landesdenkmalamt schien so ziemlich die komplette Weltbevölkerung zu beschäftigen. Unter Lohn standen Fliesen-, Platten- und Mosaikleger, Betonstein- und Terrazzohersteller, Uhrmacher und Graveure, Metall- und Glockengießer, Spiegelmacher und Glasveredler, Porzellanmaler, Edelsteinschleifer, Flexografen und Galvaniseure. Doch am meisten interessierten Beverly die Restaurateure.

Sie ging die Karteikarten durch – Bingo. Es gab eine Firma aus Lankwitz, die damit beauftragt war, das Brandenburger Tor regelmäßig instand zu setzen, Ausbesserungsarbeiten, Schönheitskorrekturen, das Übliche. Sie fotografierte die technischen Pläne und Dokumente, sortierte alles wieder ein und ließ zwei Kugelschreiber mitgehen. Mit ein paar Handgriffen schwang sie sich durch das Fenster ins Freie und verschwand im nahen Park zwischen den Bäumen.

Schon am nächsten Wochenende wurde es ernst. Beverly wedelte mit einem Klemmbrett herum und setzte ihr strengstes Gesicht auf. Ihr gegenüber: Alfred Zossen,

Schichtleiter des Wachschutzes am Brandenburger Tor, Typ Hermann Göring junior.

– Brandschutzkontrolle!, schmetterte Beverly.

– Wie Brandschutz? Das ist das Brandenburger Tor!

– Na eben! Sollte es anfangen zu brennen, wäre das schlecht.

– Aber – ich meine – geht das überhaupt?

– Sie haben ja keine Ahnung! Wir vom Brandschutz sagen immer: Früher oder später werden selbst die Weltmeere in Flammen stehen.

– Da muss ich aber erst mit meinem Vorgesetzten telefonieren.

– Längst erledigt. Die Unterschriften finden Sie hier und hier.

Beverly zückte einen Meterstab und begann, die Türhöhe der Sicherheitszentrale abzumessen, wobei sie den Schichtleiter als Gehilfen abkommandierte.

– Können Sie mal die Wasserwaage halten? Danke.

Dieser gab nach weiteren Protesten auf und sah ein, dass die Bürokratie bei Fluchtwegen keinen Spaß verstand. Nach ein paar Minuten war alles vermessen und Beverly sichtlich unzufrieden. Einige der Maße passten ihr überhaupt nicht ins Konzept.

– War's das jetzt endlich?

– Ob's das war?, sagte Beverly kühl, das war's noch lange nicht! Wann haben Sie eigentlich Ihre letzte Brandschutzübung absolviert? Sagen Sie bloß nicht, das ist über zwei Jahre her. Nach neuester Europa-Norm brauchen Sie als Schichtleiter mindestens das Straßburger Feuerabzeichen in Silber.

– Das was?

– Oder besser gleich in Gold. Mal unter uns: Sie wollen doch nicht ewig im mittleren Management herumkrebsen. Wenn Sie Interesse an den oberen Etagen haben, lege ich Ihnen ans Herz, so schnell wie möglich den Goldstar nachzuholen. Kurse immer mittwochs und freitags. Hier ist meine Karte. Wir bleiben in Kontakt.

Nachdem Beverly weitere Observationen durchgeführt hatte, wurde ihr klar, dass die Sache nicht ganz einfach werden würde. Manche Probleme würden sich umgehen lassen, andere waren schon kniffliger, der schwierigste Punkt stellte die Flucht dar. Man konnte einfach zur Quadriga gelangen, man konnte sie in ein paar Minuten abschweißen, aber danach zu entkommen, war heikel. Die Sache lag auf der Hand, und trotzdem sträubte sie sich, den Gedanken zuzulassen: Sie würde sich jemanden für den Transport besorgen müssen, sie brauchte professionelle Unterstützung, vielleicht sogar ein Team.

Beverly hasste Teams. Schon früher hatte sie es vermieden, in einer Gruppe zu arbeiten, der Begriff *Teamwork* stieß sie regelrecht ab. Für Beverly waren Menschen, was die Arbeit betraf, das Allerletzte. Außerdem hatte sie schon genug Filme gesehen, in denen die schönsten Raubzüge misslangen, nur weil jemand aus dem Team ausscherte: *Der Luchs von Jerewan* (Verrat eines Teammitglieds), *Der doppelte Renegat* (Verrat mehrerer Teammitglieder), *Die Steckdose* (Verrat und Pech), *Der gestreifte Löwe* (Verrat, Pech, Rache), *Die Kralle von Bukarest* (Verrat, Dummheit, noch mal Verrat). Von Zusammenarbeit konnte da überhaupt keine Rede sein, Gegeneinanderarbeit wäre der richtige Begriff. Und am allerwenigsten würde sie noch einmal mit jemandem aus dem Kaczmarek-Clan zusammenarbeiten, denn das lief jedes Mal auf die übliche Katastrophe hinaus. Der Wettbüro-Heist vor zwei Jahren in Belfast: eine Totalkatastrophe. Der Casino-Betrug in Loutraki: ein Desaster. Der Juwelenraub in Sarajevo: der Super-GAU. Und mal abgesehen davon, sollte dieser Coup ihr persönlicher Triumph werden, ihr Befreiungsschlag. Und den würde sie mit niemandem teilen, schon gar nicht mit Blutsverwandten.

Einige Tage passierte nichts. Der Mittwoch war langweilig, der Donnerstag gewöhnlich, der Freitag ereignisarm. Am Samstag grübelte sie noch immer über die Situation nach, am Sonntag spielte sie ein paar Varianten durch, am Montag war sie kurz davor, das ganze Unternehmen abzublasen. Dann kam der Dienstag, und Beverly hatte miese Laune. Sie stapfte im verschneiten Görlitzer Park herum, als ihr Handy vibrierte, zuerst eine SMS von Yves, dann eine von Billy.

SMS 1: Kurze Erinnerung, dass du bei allem, was du dir vornimmst, auf totale Art scheitern wirst.

SMS 2: Stimmt echt.

Beverly überlegte, ihr Handy in den gegenüberliegenden Streichelzoo zu feuern, ließ es aber sein und steckte es zurück in die Tasche. Wer weiß, vielleicht hatten die beiden sogar recht. Sie hatte keinen Plan, keine Vision, keinen Zugriff auf die Wirklichkeit. Sie würde heute Abend nach Hause gehen und sich eingestehen, gescheitert zu sein. Sie würde sich an ihren Schreibtisch setzen, alle Unterlagen vernichten und zwei Liter Wodka Sprite trinken. Dann weinen, irgendwas kaputt machen, vielleicht umkippen.

In diesem Moment fiel ihr Blick auf den *Tagesspiegel*, der auf einer Parkbank neben ihr lag. Beverly zog den Sportteil zu sich heran und suchte nach den Basketball-Ergebnissen. Auch hier gab es schlechte Nachrichten: Ihr Team, die *Toronto Raptors*, hatte verloren, so wie die Spiele davor. Sie wollte die Zeitung schon wieder aus der Hand legen, als sie an einem Artikel in der Rubrik Wetter hängen blieb. Es war ein langer, umständlich geschriebener Text, doch Beverly las ihn dreimal, und bei jedem Mal besserte sich ihre Laune. In dem Artikel war von einem gewissen Dragan Vidović die Rede, dessen Methoden ihr mindestens genial erschienen. Die Journalistin des Artikels bezeichnete Vidović als den ersten bekannten Wetterterroristen.

F

Noch am selben Tag, als der Artikel über den sogenannten Wetterterroristen Dragan Vidović erschienen war, fand im Wirtschaftsministerium eine Pressekonferenz statt, welche die sogenannte *Winterkrise* zum Thema hatte. Vor versammelter Mannschaft redete sich der Pressesprecher des Deutschen Wetterbundes in Rage: Es würde schlichtweg nicht stimmen, dass das Wetter schlecht wäre, die Behauptung, man hätte den kältesten Winter aller Zeiten, wäre schlichtweg gelogen und der Begriff *Winterkrise* eine Frechheit. Das Wetter wäre gut, nahezu herrlich und Ende. Der diesjährige Winter wäre wirtschaftsfreundlich, einstellungsfreundlich, insbesondere industriefreundlich. Der Industriestandort Berlin wäre durch das kalte Wetter nicht gefährdet, es gibt überhaupt kein schlechtes Wetter, schlechtes Wetter zu haben, das ist überhaupt nur eine Ausrede, um den Wirtschaftsstandort Berlin in Verruf zu bringen. Wer behauptet, das Wetter wäre schlecht, der vernichtet Arbeitsplätze. Wie das Wetter in Wirklichkeit ist, das könne überhaupt niemand wissen. Es ist schlichtweg unwissenschaftlich, über das Wetter zu urteilen. Ein Urteil über das Wetter auszusprechen, würde einen als schamlosen Unexperten in Wetterfragen ausweisen. Sicherlich ist es möglich, eine Temperatur festzustellen, die Temperatur kann festgestellt werden, aber eben nicht beurteilt. Nur ein Scharlatan würde es wagen, das Wetter zu beurteilen, nur ein Trickbetrüger behaupten, der kälteste Winter aller Zeiten stünde vor der Tür. Prognosen über das Wetter zu verbreiten, das grenze an Volksverhetzung. Die sogenannten unabhängigen Wetterinstitute betreiben Volksverhetzung. Man werde nicht davor zurückschrecken, Anzeigen wegen Volksverhetzung auf den Weg zu bringen, wenn diese unabhängigen Wetterinstitute weiterhin behaupteten, der schlimmste Winter aller Zeiten stünde bevor. Gegen diese Wetterverhetzung werde man mit harter Hand durchgreifen. Wer den Wirtschaftsstandort vorsätzlich durch falsche Wetterprognosen schädigt, soll dafür strafrechtlich verantwortlich gemacht werden. Wer mit dem Wetter spekuliert, vernichtet Arbeitsplätze. Wetterspekulation ist kein Kavaliersdelikt! In diesem Winter wird die deutsche Wirtschaft eine noch nie da gewesene Wachstumsquote erleben, denn das Winterklima in diesem Lande fördert das Winterwachstum.

– Schauen Sie aus dem Fenster, da ist die Wahrheit, flehte jetzt auch Staatssekretär von Rohrbach die Journalisten an. Die Wahrheit liegt im Winter. Dort ist sie. Das ist die Wahrheit! Drucken Sie das! Drucken Sie!

Die Zeitungen druckten es nicht. Dabei war die sogenannte *Winterkrise* in der Tat nichts anderes als eine Erfindung Dragan Vidović', seines Zeichens mediales Underground-Genie und anarchistischer Spin-Doktor, umfassend alimentiert mit Großspenden aus Palo Alto und Peking, Vorsitzender der *Direkten Aktion e. V.*, Hacker, Straßenschläger, Wettbürobetreiber, Kleinganove und seit

Neuestem eben auch Wetteranarchist, im Namen des Herrn Michail Alexandrowitsch Bakunin, des Erlösers, amen.

Dragan Vidović war ein Mann von beachtlicher Größe und stattlicher Breite. Er maß 201 cm, wog 115 Kilo und hatte dichtes rotes Haar, das ihm tief in den Nacken wucherte. Auch Brust, Bauch und Rücken waren von diesem tiefen Paprikarot überzogen, sodass man ihn im Freibad leicht mit einem Orang-Utan verwechseln konnte. Er hatte den Appetit eines andalusischen Bildhauers und ließ sich jeden Tag gegen 23 Uhr gewaltige Käseplatten servieren. Ansonsten hatte er bereits im zarten Alter von acht Jahren den Kampfnamen *Die Zündschnur Vidović* verpasst bekommen, und das hatte historische Gründe. Schon sein Urgroßvater führte Mitte des 20. Jahrhunderts eine Gruppe radikaler Förster an, die Jugoslawien mit einem neuen Urwald überziehen wollte. Aber weil anarchistische Forstarbeit auch Geld kostet, sprengte die Bande ein Dutzend Tresore, wobei sich Dragans Urgroßvater beim letzten Versuch selbst in die Luft jagte. Auch Dragans Großvater war als anarchistischer Sprengmeister berüchtigt, wobei er sich weniger als politischer Aktivist verstand, sondern eher als Landschaftsarchitekt, der neue Grünflächen freilegte. Wenn es im Belgrad der 60er-Jahre irgendwo knallte, konnte man darauf wetten, dass Branko Vidović seine Finger im Spiel hatte. Oder am Zünder. Doch beim Versuch, die *Gazela* in die Luft zu jagen, ging ein Sprengsatz zu früh los und durchlöcherte ihm sämtliche Organe, die für eine angenehme Rente nötig sind. Dragans Vater schließlich war Sportwetten-Anarchist, wobei er den Anarchismus ziemlich schleifen ließ und sich eher darauf konzentrierte, durch Sportwettenmanipulation schweinereich zu werden. Sein Geld half ihm nichts: Auch Emir Vidović sprengte sich aus Versehen selbst in die Luft, als er eine Autobombe unter dem Wagen des Schiedsrichters anbrachte, der sich geweigert hatte, die Partie *Partizan* gegen *Roter Stern* zu schieben. Von seinem Vater hatte Dragan nicht nur den Kampfnamen, sondern auch zwei Wettbüros im Wedding geerbt, dazu noch ein Automatencasino auf dem Kottbusser Damm und die Glücksspielhalle am Los-Angeles-Platz.

Die Manipulation der staatlichen Wetterprognosen war Dragans neuester Coup, und der Erfolg gab ihm recht. Mittlerweile finanzierte er eine Gruppe kasachischer Hacker, die rund um die Uhr die Websites der von ihm gegründeten *Unabhängigen Wetterinstitute* mit neuen Daten fütterte und gezielt Druck auf Stadtpolitik und Tourismusbehörden ausübte. Denn welcher Urlauber wollte schon in eine Stadt fahren, in der es konstant Minusgrade hatte? Diese Art des Wetteranarchismus war übrigens nichts Neues: Schon 1921 hatten irische Untergrundorganisationen ein ähnliches Konzept entwickelt, mit dem Ziel, London in die Knie zu zwingen, indem sie behaupteten, es würde dort jeden Tag regnen. Dragan fand das als Grundidee zwar nicht schlecht, aber leider schlampig umgesetzt und arbeitete wie besessen an der Perfektionierung seines Meisterwerks: der großen Berliner Wetterkrise.

Tief im Weddinger Norden, wo die Reichen arm waren und die Armen noch ärmer, hatte Vidović sein Hauptquartier aufgeschlagen. Die Wettbüros *Kartenspiel International* und

International Kartenspiel waren in derselben Straße und lagen sich fast gegenüber. Dragans Mittelsmänner saßen auf Klappstühlen vor den Läden und beobachteten das Tagesgeschäft. Die Mittelsmänner der Mittelsmänner flüsterten ihnen etwas ins Ohr und spuckten Sonnenblumenkernhülsen auf den Asphalt.

Beverly Kaczmarek saß am Tresen des *Kartenspiel International* und wartete seit zwei Stunden, den Chef zu sprechen. Sie hatte erst Mineralwasser bestellt, dann Wodka Sprite und Erdnüsschen, dann Sliwowitz Sprite, dann Sliwowitz Fanta, dann Mineralwasser und Salzstangen, dann Sliwowitz Mineralwasser, schließlich zwei kleine Bier und Kaffee. Irgendwann kam einer von Dragans Männern und führte sie in den Hinterhof, der wiederum an eine Lagerhalle grenzte. Fast alle Fenster waren vernagelt, und das einzige Licht kam von schlecht verschraubten Neonröhren, die in der Dunkelheit flackerten. Beverly fragte sich, ob man den Effekt des Flackerns auch absichtlich herstellen konnte, etwa um ungebetene Gäste einzuschüchtern oder ganz allgemein eine gewisse Stimmung herzustellen, eingerichtet von einem Veranstaltungstechniker (tatsächlich war es so). Vor ihr stand ein schmales dänisches Designersofa, zusammengenäht in Burkina Faso zu hundsgemeinen Bedingungen, und wartete darauf, dass sich jemand draufsetzte und abrutschte. So was stellen sich Anarchisten also in die Fabriketage, dachte sie.

In ihrem Bauch schwappten die Alkoholika gegen die Erdnüsse und Salzstangen, sie federte im Raum umher und schaute sich an, was sich Dragan Vidović an die Wände gehängt hatte. In der hinteren Ecke des Raums war der Boden an einer Stelle durchgebrochen, und sie konnte sehen, dass es noch mindestens zwei Stockwerke nach unten ging. Beverly stellte sich an den Rand des Lochs, blickte hinab in die Dunkelheit und überlegte, ob es wohl angebracht wäre, mal hinunterzuspucken. Während sich immer mehr Spucke in ihrem Mund sammelte, bemerkte sie nicht, dass sich jemand hinter sie gestellt hatte.

– Ich bin Dragan. Was gibt's?

Beverly konnte nicht antworten. Zum einen hatte es ihr die Sprache verschlagen, und zum anderen hatte sie wahnsinnig viel Spucke im Mund. Langsam drehte sie sich um.

– Beverly, hi.

– Schöner Name.

– Schöne Nase.

– Also, was gibt's?

Dragan schmiss sich auf die Couch, schlug die Beine übereinander, das rechte über das linke, das linke über das rechte, und setzte sein Na-da-bin-ich-jetzt-aber-mal-gespannt-Gesicht auf.

– Tja, sagte Beverly, wo soll ich anfangen? Es gibt da ein kleines Business, an dem ich dran bin, und ich dachte, du hättest Lust, ins Projekt miteinzusteigen. Ich bin nämlich großer Fan deiner Kunst. Du weißt schon, dieses Wetter-Ding.

– Danke.

– Und irgendwie dachte ich, das könnte man miteinander verbinden.

– Bist du auch im Klimageschäft?

– Nein, nein, Eigentumsdelikte.

– Diebstahl?

– Bingo.

– Und was hab ich damit zu tun?

– Um es kurz zu machen: Das Objekt des Interesses steht im Freien und ist für jeden zugänglich. Das Problem ist der Transport.

– Und? Sehe ich etwa aus wie ein Umzugsunternehmer? Steht hier irgendwo *Vidović Logistik* auf meiner Stirn?

– Eigentlich geht es mir eher um die passende Ablenkung. Ich würde dich selbstverständlich gut bezahlen.

– Geld ist in diesem Fall völlig uninteressant.

– Sicher? Ich würde sogar extrem gut bezahlen.

– Extrem uninteressant.

– Ach ja?

– Ja.

Beverly starrte Dragan in die Augen, Wimpernzucken, Einatmen, Ausatmen.

– Gut, dann geh ich mal wieder.

Sie schmiss sich den Anorak über die Schulter und stand auf.

– Moment, Moment, jetzt warte doch mal, sagte Dragan und drückte sie zurück auf die Couch, wir haben doch noch gar nicht angefangen zu verhandeln. Sag doch erst mal wie viel?

– Wie viel was?

– Euro selbstverständlich! Und um was geht's überhaupt?

– Wieso? Du bist doch eh nicht dabei.

– Wer weiß, vielleicht bin ich ja dabei.

– Glaub' ich kaum.

– Okay, geht's um Gold?

– Nein.

– Silber?

– Nein.

– Kronjuwelen?

– Quatsch.

– Informationen?

– Was denn für Informationen?

– Du weißt schon, sensible Informationen eben.

– Nein!

– Wie viel hatten wir noch mal als Honorar vereinbart?

– Der Zug ist abgefahren.

– Na großartig, sagte Dragan, du hast es geschafft, ich bin an Bord. Schieß los! Was ist es?

– Will ich ja die ganze Zeit sagen.

– Dann sag's halt.

– Mach ich ja gleich!

– Dann mach's halt.

– Würde ich ja, wenn du mich lässt!

– Bitte, nur zu.

– Also –

– Also?

– Was hat sechzehn Beine, fünf Köpfe und zwei Flügel?

– Soll das ein Rätsel sein?

– Nein, sagte Beverly, das soll die Quadriga auf dem Brandenburger Tor sein. Capito?

– Capito totalmente.

G

Ferenc Hotfilter saß im Berliner Büro des Europäischen Polizeiamtes – kurz Europol – und rauchte parfümierte Zigaretten. Vor ihm auf dem Tisch lag Beverly Kaczmareks Akte, er kombinierte. Hotfilter war Ungar, aufgewachsen in Wien und Prag, sprach fünf Sprachen fließend (Ungarisch, Romanes, Deutsch, Tschechisch, Französisch, und ein paar Brocken Usbekisch, warum auch nicht?) und hatte seit jeher ein Faible für die belgische Marke *Caraux*, von der er jeden Tag 50 Stück rauchte. Nur an Sonntagen waren es weniger, weil es der Kommissar da vorzog, im Bett zu bleiben, und seine Frau das Rauchen im Schlafzimmer untersagte. Schon Hotfilters Vater und Großvater waren stark rauchende Kriminalkommissare gewesen, was in Ungarn kein Wunder ist, da es als Nation gilt, die schon immer die meisten Kommissare und stärksten Raucher hervorgebracht hat. Während Finnland eine ausgesprochene Trinkernation ist, Kanada eine besondere Raufboldnation, Deutschland eine weithin bekannte Massenmordnation, hat man in Ungarn immer schon zu viel geraucht. Und zwar vor, nach oder während des Essens. Oder gar als Ersatz. Denn als Frühstück reicht man in Esztergom gerne eine einfache Zigarette. Auch am Balaton würde man zum

Mittagessen am liebsten nichts anderes zu sich nehmen. Und dass abends mit der Zigarettenmenge im Budapester Soroksár-Bezirk furchtbar übertrieben wird, muss wohl nicht erwähnt werden. Es soll sogar Ungarn geben, die sich nachts einen Wecker stellen, um während des Schlafes die ein oder andere Zwischenzigarette zu rauchen. Im Berliner Büro von Europol machte sich der Kommissar dagegen wenig Freunde mit seinem gesundheitsfraglichen Hobby. Täglich gab es Krach mit den Kollegen, doch Hotfilter rauchte eisern im Dienstzimmer. Er hatte noch sechs Monate bis zur Pensionierung, da ließ er sich nichts verbieten.

Doch Hotfilter war nicht nur als starker Raucher, sondern auch als starker Melancholiker bekannt. Es gab Tage, da überfiel den Kommissar eine unmittelbare Todessehnsucht. Dann fuhr er mit dem Fahrrad durch die morgendlichen Straßen, schloss die Augen und streckte die Arme in die Luft. Und wieder im nächsten Moment hatte er eine so große Angst vor dem Tod, dass er seine Hände fest an den Lenker legte und sich schwor, sie da nie wieder wegzunehmen. Mit dem Auto fuhr er nur selten, und wenn, wurde er häufig von der Polizei angehalten wegen seiner langsamen und schreckhaften Fahrweise. Eines Abends stand er auf einer Brücke über der Sajó und warf seinen Führerschein hinab. Ist besser für alle, murmelte er und starrte hinab ins dunkle Wasser.

An einem 5. Oktober vor dreißig Jahren, als der Kommissar auf einem Gehweg in Debrecen Fahrrad fuhr (in Debrecen fuhr er aus Prinzip nur auf dem Gehweg, aus Angst vor dem Temperament der Debrecener Straßenbahnfahrer), wurde er von einer Streifenpolizistin angehalten und zur Rede gestellt. Sie heirateten acht Tage später. Jahre danach, er war längst wieder geschieden, trat ihm in der Kantine seiner neuen Dienststelle in Bregenz eine Kollegin auf die Zehen. Als er sie zur Rede stellen wollte, merkte er, dass er sich unsterblich verliebt hatte. Zwei Wochen später war die Hochzeit, zwei Jahre später die Scheidung. Seine dritte Frau lernte er zwar nicht bei der Arbeit kennen, aber er spürte sofort, dass auch sie Polizistin war. Ihr Charakter war durchzogen von Geradlinigkeit, Ordnungstreue und einem diskreten Hang zur Korruption, sodass es ein Wunder gewesen wäre, wenn sie sich nicht für eine Laufbahn im Staatsdienst entschieden hätte. Sie standen bei Jeszenskys Konditorei in der Schlange und debattierten die Pros und Contras von Laugencroissants, als er zu einem Einsatz gerufen wurde, ohne sich ihre Telefonnummer geben zu lassen. Erst Monate später sah er sie wieder, als er an einer internationalen Schulung in Litauen teilnahm. Hotfilter drehte seine Runden auf dem Sportplatz der Polizeischule in Kaunas, als er merkte, dass ihn jemand vom Feld aus beobachtete. Er ging auf sie zu, um sie freundschaftlich auf die Wange zu küssen, wie es in Ungarn üblich ist, aber sie schlang sogleich ein Bein um ihn und zwang seinen zitternden Körper zu Boden, wo er unter dem Gewicht ihrer Bewegungen dem Folgenden stumm beiwohnte. Vier Stunden später waren sie verlobt.

Als sie Hochzeit feierten und im Kreis seiner Familie, die seit dem Porajmos über Europa verstreut lebte, zusammensaßen, bemerkte Ferenc Hotfilter, dass fast alle Hochzeitsgäste Beamte waren. Einige arbeiteten in Ministerien, auch eine Finanzbeamtin war darunter (Tante Katalin, die alte Schreckschraube), zwei seiner Schwäger waren seit 30 Jahren beim Ordnungsamt in Saarlouis, aber die meisten waren Kriminalkommissare, Wachtmeister, Polizeioberräte, Wasserschutzpolizisten oder bei der Verkehrsaufsicht. Nur der jüngste Sohn seiner Cousine war noch kein Beamter. Er hatte gerade die Schule beendet und reagierte besonders feindselig auf alle Nachfragen, was er nun mit seinem Leben vorhabe, gab aber preis, dass er wohl Rettungsschwimmer werden wolle oder Ingenieur in Tansania. Alle am Tisch wussten, dass es nie dazu kommen würde. Stattdessen flüsterten sie sich zu, dass der Junge die Begabung zum nächsten Polizeipräsidenten habe, gar zum Innenminister, und teilten diese Erkenntnis mit einem verschwörerischen Lächeln.

Als Ferenc Hotfilter die Pflichten der Hochzeitsnacht erfüllt hatte, entschuldigte er sich bei seiner Gattin und stellte sich ein paar Minuten auf den Balkon. Er trank einen Schluck Wasser und betrachtete das Weltall. Und kaum eine Sekunde später fegten Tornados von Erinnerungen durch seinen Kopf, Fetzen von Bildern und Stimmen, Körpern und Gerüchen aus vergangenen Zeiten, damals als er noch jung und dumm gewesen war (jedenfalls jünger und dümmer), und er erinnerte sich an einen Abend, als ihn sein Stiefvater gefragt hatte, was aus ihm werden solle. Und er erinnerte sich, gesagt zu haben: Bademeister oder Torwarttrainer. Und an die darauf folgenden Ohrfeigen.

Wie konnte das alles passieren?, dachte Hotfilter. An ihm vorbei zogen die Jahre in Büros, Kantinen und Gängen.

Immer wieder Büros, Kantinen und Gänge. Und er sehnte sich zurück in die Zeiten des Waldes, die Tage der Wiesen und Bäume, die Stunden unter Brücken und er erinnerte sich, wie er einmal einen Schluck trüben Wassers aus einem noch trüberen Bach getrunken hatte.

Dann schloss er die Balkontür und sank in einen tiefen, traumlosen Schlaf, den er auf dem Küchenboden verbrachte. Seine Frau wunderte sich nicht darüber, ihr war von Anfang an klar gewesen, dass sie sich auf einen Kauz eingelassen hatte (er hatte noch ein paar weitere Marotten, etwa eine Knopfphobie). Und auch als er in der nächsten Zeit immer öfter, bald ein- oder zweimal die Woche, auf dem Küchenboden übernachtete, beschwerte sie sich nie und kaufte ihm eine japanische Federkernmatratze (mit Bettwäsche von den *Hanshin Tigers*), die er hinter dem Schrank hervorholen konnte, um auch in der Küche den erholsamen Schlaf zu bekommen, den er bei seinem Beruf so dringend benötigte.

Ein paar Jahre später zog das Ehepaar nach Brüssel, dann weiter nach Toulouse und schließlich nach Berlin. An vielen Abenden saßen sie zusammen und schnitten die Tomaten, die im Sommer zahlreich in ihrem Garten wuchsen, in kleine Achtel. Wenn er dabei schlampig vorging, schimpfte sie ihn, dass Viertel zu groß seien und eine gut geschnittene Tomate die Krönung jedes Salates. Sonst blieb es friedlich. Nur wenn das Radio Tanzmusik aus der Bukowina spielte, fing Hotfilters Frau an zu weinen, scheinbar ohne Grund, denn sie verriet ihm nie einen, aber nach einiger Zeit hörte er auf, danach zu fragen, und ließ es geschehen. Der Schnee fiel vom Himmel, und einmal stürzte ein Propellerflugzeug in den Grunewald, so verging ihr erstes Jahr in der Kaimanstraße.

Ein See, der irgendwann ins Meer fließt, wird von den meisten Menschen Fluss genannt. Für Ferenc Hotfilter war Berlin der Fluss unter den Seen. Hier floss alles irgendwo hin. Das Geld strömte, die Säfte flossen, das Blut war in Bewegung. Der Kommissar war als Spezialist für Kunstraub nach Deutschland berufen worden und arbeitete schon seit Jahren am Fall Maximow (seines Zeichens Immobilienhai, Kredithai, Nachtklubhai, die Liste lässt sich fortsetzen), jedoch ohne den geringsten Erfolg.

Hotfilter hatte zwei Quellen im Berliner Untergrund, die einerseits völlig unzuverlässig waren, andererseits unabhängig voneinander berichteten, dass Maximow die Stadt nach einer gewissen Beverly Kaczmarek absuchen ließ (ihres Zeichens Katzenpfote, Hasenpfote, Ozelotpfote, auch hier lässt sich die Liste erweitern) und bereit war, ein obszön hohes Kopfgeld zu zahlen. Als dann ein verdeckter Ermittler des Betrugsdezernats Beverly an der Bar des *Kartenspiel International* entdeckte, war Hotfilter klar, dass die Sache bereits auf Eskalationskurs war. Er konnte zwar nicht einordnen, wie Dragan Vidović da mit drinhing, er wusste nur, dass ihm diese Verbindung überhaupt nicht gefiel. Das alles roch nach gewaltigem Ärger. Nach zerbrochenem Porzellan, zerbrochenen Polizeipräsidentenherzen, zerbrochenen Staatsanwaltskarrieren. Das witterte der Kommissar drei Kilometer gegen den Wind.

H

Als sich am 15. Dezember das Wetter noch nicht gebessert hatte, und auch das letzte Geschäftswochenende vor Weihnachten auf eine Katastrophe zusteuerte, schaltete sich auf Druck des Einzelhandels der Wirtschaftsminister persönlich ein und ermahnte die Leute, rauszugehen und Geschenke zu kaufen. Am anderen Ende der Stadt gab die Berliner Polizei ebenfalls eine Erklärung ab. Anlass war auch hier die von der Presse ausgerufene *Jahrhundertwetterkrise.* Die Stimmung war gereizt, als Polizeipräsident Schulz-Lamar ans Mikrofon trat:

– Wir haben keine Krise! Und es gibt auch keine Krise! Wir haben noch nie eine gehabt, und es ist auch keine in Sicht! Wir haben keine Wetter-Krise, keine Winter-Krise, wir haben auch keine Schnee-Krise! Es ist überhaupt unpolizeilich, eine Krise zu haben! Wer das Gegenteil behauptet, lügt! Das können Sie gerne so drucken! Drucken Sie das!

Ein paar Tage später war Beverly zurück im *Kartenspiel International*, um die Geschäftsdetails der Operation zu besprechen. Dragan kam ausnahmsweise pünktlich und schmiss sich neben Beverly auf den Barhocker. Sein Vollbart leuchtete rot wie ein Sonnenaufgang über dem Mars, seine Schneidezähne blitzten auf wie zwei kollidierende Sterne (wen interessiert, was Dragan anhatte: schwarzes Hemd, schwarze Hose, schwarze Schuhe, Kaschmirsocken der Marke *Bischkek Deluxe*). Seine Laune lief wie ein Motor auf Hochtouren, der Mann war ein wandelndes Atomkraftwerk, allzeit bereit zu explodieren. Und weil Beverly auch ganz gut drauf war und schon zwei Ramos Fizz drin hatte, kam sofort eine schwungvolle Debatte auf. Beverly argumentierte, warum sie Gitarren nicht leiden könne (– Ein mittelmäßiges, naives Instrument, aber nicht auf charmant almodóvarfilmhafte Art naiv, sondern dumm-wie-Roggenbrot naiv), und wer ihre Lieblingskosmonauten seien (Komarow und Leonow), wobei Dragan darauf bestand, dass Walentina Tereschkowa an Bord der *Wostok 6* auch keinen schlechten Job gemacht hätte. Danach kamen sie auf isländische Gartenmöbel zu sprechen, Dragan lobte die Insel Zypern (insbesondere Famagusta: wunderbare Dampfbäder, exzellente Gartensalate, usw. usf.) und schließlich stritten sie um die Frage, ob Rosinen etwas in Backwaren zu suchen hätten oder eben – und darin war sich Dragan sicher – nicht. Dann erzählte er von seinem jordanischen Lieblingsstreifen (*Die Zuckerbäcker von Akaba*), den Beverly aber nicht kannte und auch vom Skandalregisseur noch nie gehört hatte. Allerdings waren beide der Meinung, dass man es den verdammten Europäern verbieten müsse, Filme zu drehen, weil sie es wirklich jedes Mal in den Sand setzten. Asiatische Filme hielten sie weitestgehend für schaubar, genau wie den ein oder anderen süd- und nordamerikanischen Streifen. Was australische Filme anging, waren sie sich nicht sicher.

– Nun, sagte Dragan.

– Also, sagte Beverly.

– Mehr kann ich nicht dazu sagen.

Dann zogen sie um ins Hinterzimmer. An den Wänden hingen Poster des vorrevolutionären Havannas, hinter denen Panzerschränke versteckt waren, die wiederum Schusswaffen und Stadtpläne verbargen (bei denen ein paar explizite Stellen eingekringelt waren).

– Also, sagte Beverly.

– Nun, sagte Dragan.

Jemand brachte Gläser auf einem blitzgrünen Tablett und schenkte ein, es war eine Mischung aus bitterer Mandarine und kirgisischem Wodka.

– Pour les hommes, sagte Beverly.

– Fleurs du Mal, sagte Dragan.

Sie erhoben die Gläser und blickten sich in die Augen. Die beiden Zeiger der Wanduhr knallten auf Mitternacht.

– Schön, sagte Beverly.

– Fein, sagte Dragan.

Jemand brachte eine neue Runde Mischschnaps, Zigaretten wurden entflammt, Dragan hatte ein frühes Album der *Byrds* aufgelegt. Zuerst, sagte er, müsse man jetzt über das Finanzielle sprechen. Das ließe sich nicht vermeiden. Und es würde sich auch nicht vermeiden lassen, zwei oder drei Leute aus dem Syndikat einzuweihen (natürlich sagte er nicht Syndikat, niemand, der in einem Syndikat ist, sagt Syndikat, Dragan sagte Truppe, zwei oder drei Leute aus der Truppe), alles zuverlässige Verbrecher, also keine Sorge. Er zeigte auf seinen Buchhalter:

– Das zum Beispiel ist Rocco Palmieri, und er ist astrein. Und das da hinten ist Flamingo Jimmy, der lässt bei deiner Steuererklärung ein paar Nullen verschwinden, wenn du willst.

Dragan topspinnte sich ein paar geröstete Haselnüsse in den Rachen und machte mit seinem Monolog weiter: Sein Unternehmen wäre nicht nur straff, visionär und ästhetisch richtungweisend, sondern auch unbedingt sozial, und das koste eben eine Kleinigkeit. Da wären nicht nur Ausgaben für Miete, Mobilität, diverse Spesen, Schmiergelder usw., vor allem in Gesundheit und Zukunft müsse man investieren. Es gebe eine Kasse, aus der verschiedene Leute bezahlt werden. Zum einen ein Strafrechtsanwalt, dann zwei Medizinstudentinnen, die man bei Stichwunden und anderen Kleinigkeiten rund um die Uhr anrufen könne, eine exzentrische Webdesignerin, drei Bundestagsabgeordnete, die sich hin und wieder über diskrete Zuwendungen freuten, vier kasachische Hacker und eine auf internationales Recht spezialisierte Brüsseler Medienanwältin, die für Dragan regelmäßig EU-Fördermittel einklagte. Und natürlich die private Krankenversicherung, die wolle er nicht vergessen.

– Das mit der Krankenversicherung soll ein Witz sein, oder?

– Warum sollte das ein Witz sein?

– Na ja, also –

Die Organisation, die er anführe, fuhr Dragan fort, wäre zu hundert Prozent sozial, und sozial wäre sie auch, was die Mitgliedsbeiträge angehe. Und da Beverly nun als Partnerin kooperieren wolle, wäre es für den Geist der Sache eine Selbstverständlichkeit, eine gewisse Summe zu spenden.

– Oder nicht?

– Klar.

– Ja oder etwa nicht?

– Ja, doch, klar.

– Das will ich auch meinen!

– Sicher, gar kein Thema.

– Na also, wie viel denn nun?

Beverly nannte einen Betrag, doch Dragan schien wenig zufrieden. Sofort sprang er auf und tigerte im Raum umher.

– Sehe ich etwa aus wie Gandhi? Habe ich Ähnlichkeiten mit Mutter Teresa? Bekomme ich ein Vollzeitstipendium vom Staate Dänemark? Wohl kaum, wohl kaum!

Dragan wiederholte immer wieder, wie wenig ihm doch am Geld gelegen sei, ja dass er es sogar verabscheue, schließlich sei er Utopist usw. usf.

– Aber?, sagte Beverly schließlich.

– Aber, sagte Dragan, ich schlage mich mit der Bürokratie eines mittelständischen Unternehmens herum! Ich trage die Verantwortung für die Familien meiner Mitarbeiter. Und das kostet, das kostet nicht zu knapp, das kann ich dir versprechen.

Außerdem, und das erwähnte er ganz nebenbei, würden seit Neuestem noch die Zusatzkosten für die Zahnersatzversicherung dazukommen, die er allen ans Herz gelegt hatte.

So zog sich die Verhandlung bis zum frühen Morgen hin. Es wurden immer wieder geröstete Haselnüsse, Granatapfelkerne und Karaffen mit kaukasischem Wein hineingebracht, von denen Dragan große Schlücke nahm. Zwischendurch tippte er wild und scheinbar wahllos auf einem Taschenrechner herum und hielt Vorträge über die mitteleuropäischen Konjunktur-Aussichten. Als die Sonne hinter den Häusern der Malplaquestraße aufstieg, willigte er schließlich ein.

– Unterschrift hier und hier.

– Macht man so was nicht per Handschlag?

– Nicht, wenn man die Spende von der Steuer absetzen kann.

– Gut, und wann legen wir los?

– Du, das dauert noch, heute beginnen erst mal die Weihnachtsferien.

– Heute ist doch erst der 16. Dezember.

– Eben, Familie wird bei uns großgeschrieben. Am 29. hat das Geschäft wieder geöffnet. Bis dahin solltest du mal lieber die Moneten auftreiben.

Und damit hatte Dragan gar nicht so unrecht. Beverly hatte zwar noch etwas Cash auf der hohen Kante, doch das würde kaum genügen, um den gehobenen Sozialleistungen des Wetteranarchisten nachzukommen. Es war höchste Zeit, die Keramik aus dem Marmorpalais zu Geld zu machen. Sie schrieb ihrem Hehler eine SMS, ob er sie um 13 Uhr im *Doktor Molotow* treffen könne, ein piekfeiner Schuppen in der Nähe des (an piekfeinen Schuppen nicht armen) Savignyplatzes.

Der Laden brummte, es war Mittagsmenü-Zeit. Allerlei aufgedonnertes Charlottenburger Volk saß an den Tischen auf der Galerie, darunter etwas weniger aufgedonnerte Wilmersdorfer Witwen und neben den Toiletten kaum noch aufgedonnerte Schmargendorfer Oberstudienräte a. D. Der Oberkellner des *Molotow* wedelte mit seinem Oberkellnertuch die Brotkrümel von den Tischen und lief Slalom zwischen den am Tischbein angeleinten Chihuahuas. Domagoj Orlandić wartete schon am Tisch, als Beverly (die Frisur zu ungeahnten Höhen gezwirbelt) durch die Flügeltüre des Restaurants schritt.

– Was soll denn das?, zischte er ihr zu, nachdem sie das verschnürte Paket neben ihren Stuhl gestellt hatte. Sind Sie völlig verrückt, die Ware mitzubringen?

Orlandić sah sich nervös um und versuchte, das Paket unter den Tisch zu schieben.

– Ich hab's eilig.

– Aber doch nicht hier!

– In Ordnung, sagte Beverly, dann lassen Sie uns die Suppe ausschlürfen und zu Ihnen fahren.

Orlandić wischte sich die Schweißperlen von der Halbglatze.

– Ich steh jetzt auf, und Sie warten noch eine halbe Stunde. Hier ist die Adresse. Fahren Sie mit dem Taxi, und steigen Sie einmal um.

Er warf einen Geldschein auf den Tisch und stürmte aus dem Lokal.

– Was ist denn mit dem?, fragte der Kellner, der gerade mit der Karte kam.

– Es sind die Manieren, die allgemeinen Manieren. Der Gute ist nervlich völlig zerfressen. Es liegt an der Geschmacklosigkeit des Jahrtausends, in dem wir leben.

Der Kellner nickte verständnisvoll.

– Darf's für Sie etwas sein vom Mittagstisch?

– Pommes frites, extra crisp, zum Mitnehmen. Und

Monsieur, kleiner Tipp unter Freunden: Zwei Spritzer Parfum reichen völlig, glauben Sie mir.

Eine Stunde später betrat Beverly das kleine, mit Nussbaummöbeln vollgestellte Büro im Westend.

– Ich hoffe, Sie sind nicht mit dem Bus gekommen, sagte Orlandić, den Verkehrsbetrieben ist nicht zu trauen, überall Kameras, überall Mikrofone, das sind Gangster der schlimmsten Sorte, Gauner, die armen Babuschkas 60 Euro für die kürzeste Schwarzfahrt abkassieren.

Beverly packte die Vase aus und stellte sie in die Mitte des Raums.

– Ist es das, was ich denke, dass es ist?

– Allerdings.

Orlandić kam wie ein Wiesel um den Schreibtisch geschlichen und nahm die Vase unter die Lupe.

– Zweifelsohne, zweifelsohne, murmelte er und fuhr mit dem Finger über die Farbschicht.

Dann setzte er sich zurück auf seinen Drehstuhl und wurde ernst.

– Ich kann sie natürlich nicht kaufen.

– Ach nein?, fragte Beverly, die das Spielchen schon kannte.

– Natürlich nicht! Die Vase ist viel zu bekannt! Halb Europol sucht danach! Wer ist so verrückt, mir die abzunehmen?

– Also gut, sagte Beverly, 50.000 Euro, Freundschaftspreis.

Orlandić bekam einen Hustenanfall. Auch das war Geschäftstaktik, wie sie annahm. Hatte er vermutlich vor dem Spiegel geübt.

– Meinetwegen, sagte Beverly, dann eben 40.000.

Der Hehler stand auf, umrundete zweimal seinen Schreibtisch und beugte sich zur Vase hinunter.

– Ich müsste vorher eine zweite Meinung einholen.

– Bis Morgen haben Sie Zeit.

– Wieviel hatten wir noch gleich gesagt: 4.000?

– 40.000.

– Sicher, dass es nicht 10.000 waren?

– Womöglich waren es sogar 100.000!

– Gut, sagte Orlandić, 20.000. Schlagen Sie ein!

– Hören Sie mal, sagte Beverly, das ist abendfüllende Kunst, da gehört es sich nicht, knickrig zu sein!

– Wieso denn knickrig, ich hab doch gesagt: 25.000.

Orlandić beugte sich runter zur Vase und schnupperte.

– Es riecht gar nicht nach Jaspis, eher wie –

Orlandić schnipste mit den Fingern, ihm fiel das Wort nicht ein.

– Minze, sagte Beverly. Vermutlich Minze.

Orlandić schaute verwirrt.

– Na ja, sie stand bis gestern neben meiner Wanne, da kann schon mal was vom Badezusatz rüberschwappen.

Orlandićs Gesichtszüge entglitten.

– Es ist eine ganz exklusive Minzölmischung, fügte Beverly hinzu, allerfeinste Zutaten.

– Was?, schrie Orlandić. Sie haben sie neben die Badewanne gestellt!

– Wo ist das Problem? Auf der Vase ist eine Badewanne abgebildet, da liegt es doch auf der Hand, wo sie hingestellt werden will.

Der Hehler taumelte durch den Raum und kramte in seinem Schreibtisch nach Tabletten.

– Benehmen Sie sich, sagte Beverly, diese Art des Feilschens ist hier nicht angebracht. Wenn das so weitergeht, muss ich den Freundschaftspreis zurückziehen und 70.000 verlangen.

– 30.000!

– Unter 60.000 werden wir kaum noch ins Geschäft kommen.

– 40.000! Das ist mein letztes Angebot.

Beverly überlegte einen Moment und sagte:

– 50.000, dann aber sofort. Alles andere ist Raub am helllichten Tag.

I

Dann kam Weihnachten, und Beverly hatte keine Lust, nach Hause zu fahren. Was würde dort auf sie warten? Yves und Billy würden mit ihrem Coup in Petersburg herumprotzen und mit dem Luftgewehr auf die Hunde der Nachbarn schießen, Floyd würde sich im Keller einsperren, um Kush zu rauchen und Platten zu hören. Da hatte sie Besseres zu tun. Immerhin waren die Feiertage auch eine gute Gelegenheit, um sich alleine zu betrinken und über den Urknall nachzudenken. Und genau das tat sie dann auch.

Über den Urknall nachzudenken, schien ihr überhaupt eine sinnvolle Beschäftigung zu sein, sie hatte da auch schon einiges gelesen, zum Beispiel *Der Urknall. Was, wo, wie, warum? Einführung von Ziemowit Streiffberg*, außerdem *Peng Peng. Warum der Urknall zweimal knallte. Mit Vorwort von Professor Uta Brackstein*, sowie *Der Anfang vom Ende vom Anfang. Metaphysische Physik. Essays von Klaus de Talajan*. Alles in allem kam Beverly dann immer zu demselben Schluss, nämlich, dass da was nicht stimmen konnte. Wie soll da etwas knallen, wenn vorher nichts ist? Und vor allem: Was ist da nicht? Und: Warum überhaupt? Beverly nannte das Ganze die *Urknall-Verschwörung* und die ging ungefähr so: Irgendwer hatte sich den Urknall ausgedacht, um etwas zu vertuschen oder gar von Schlimmerem abzulenken. Womöglich der rechte Flügel der CIA oder die französische Atomlobby. Die katholische Kirche konnte sie dagegen ausschließen, die hatte ja eh eine ganz eigene Theorie, was die Sache anging.

Gegen zweiundzwanzig Uhr ging Beverly jedenfalls ins *Echo Delay*, setzte sich an den Tresen neben drei Rundfunkjournalisten (der Erste mit Leninbart, der Zweite mit der letzten Bartmode Trotzkis, der Dritte glatt rasiert wie Feldmarschall Tito) und bestellte Wodka Wassermelone, während sie weiter über Universelles nachgrübelte. Nach und nach wurde sie herrlich betrunken, herrlich melancholisch (dachte: nichts mehr wollen, nicht mehr denken, eine Birke werden oder eine Welle, sich auflösen wie Würfelzucker im Ozean, Ende, aus, Fledermaus), bis ihr plötzlich ein Typ mit Rentierpullover an die Schulter tippte und fragte, ob er sie auf ein Glas einladen dürfe.

– Das gibt's doch wohl nicht, rief Beverly, warum kann ich keine zwanzig Minuten im *Echo Delay* sitzen, über den Urknall nachdenken und mich volllaufen lassen! Jeder weiß, dass das *Echo Delay* dazu da ist, herumzugrübeln und sich volllaufen zu lassen, und zwar alleine, was ist daran so schwer zu verstehen? Wenn man Bock auf Konversation hat, geht man in den *Feuersalamander*, wenn man jemanden aufreißen will ins *Schöne Streifen* oder ins *Micky Caruso*, aber im *Echo Delay* will man einfach in Ruhe saufen und sich die Leber mit Ethanol vollkleistern.

Sofort kam der Protest:

– Aber es ist doch Weihnachten usw. usf.

– Na und!, rief Beverly und schwenkte ihr Longdrinkglas ruckartig von links nach rechts. Weihnachten existiert überhaupt nicht, nichts existiert, selbst der Urknall existiert nicht, capito?

Sie hatte sich die Wodkaflasche hinter dem Tresen hervorgeangelt und schenkte üppig nach.

– Übrigens bin ich Physiker, sagte der Typ mit dem Rentierpullover, und das mit dem Urknall kann ich dir genau erklären, wenn du willst.

– Nein danke, sagte sie, wer die Dinge versteht, der ist für immer dumm.

Beverly, die kurz überlegt hatte, den Pullover des Physikers in Brand zu setzen (Ja/Nein/Ja/Nein), schwankte ins Freie, wo ihr ein Schneesturm um die Nase wehte. Ihre Haare flatterten wild und kammfremd in der Nacht, bildeten unaussprechliche exoplanetare Strukturen. Sie taperte über die Reichenbergerstraße, der Wodka und der Schneesturm machten ihr den Kopf und den Anorak schwer. Dann wurde es ihr klar: Wenn jemand vom Urknall profitierte, dann die Physiker! Die hatten sich die Chose ausgedacht, um in Kneipen groß damit anzugeben und die Leute vollzuquatschen. Und wer weiß, vielleicht war das nur die Spitze des Eisbergs. Beverly sprang in die Luft und stellte fest, dass die Schwerkraft existierte. Gut, immerhin das. Aber was war mit dem Nordpol? Der war womöglich am Südpol und andersrum. Es würde ja keiner auf die Idee kommen, mal hinzufahren und das Ganze zu recherchieren. Beverly wankte durch die Berliner Nacht, durch die verlassenen Alleen, die verwehten Straßen, hielt sich an Briefkästen und Ampeln fest, fiel immer wieder um, und schließlich ins Bett. Und als sie wieder aufstand, war Weihnachten schon vorbei.

Ein paar Tage später war es dann so weit. Am 29. Dezember bat Dragan Vidović zur Lagebesprechung ins *Kartenspiel International*. Sofort ging es zur Sache, alle redeten durcheinander und schmetterten sich die Ideen um die Ohren.

– Wir müssen der Kriminalpolizei eine Show bieten, die sie nie vergessen wird, sagte Rocco Palmieri giftig.

– Ach was, spar dir das Pulver!, entgegnete Flamingo Jimmy.

– Ich fordere einen Hauch sportliche Extravaganz! Ich fordere Stil, ich fordere Klasse, verkündete Dragan.

– Wenn du Klasse willst, dann lass dich mit zahmen Geparden im Wintergarten fotografieren! Hier geht es um Arbeit.

– Wie wär's mit einem Sprengsatz im Polizeipräsidium zur Ablenkung?, fragte Beverly.

– Nein, so was nehmen die gleich persönlich.

– Gut, wie wär's dann mit einem flächendeckenden Stromausfall?

– Wir könnten uns auch bei der tschechischen Atombehörde einhacken und eine Kernschmelze vortäuschen.

– Nein, das ist zu intellektuell, das kapieren die nicht bei der Polizei, das ist zu sehr um die Ecke gedacht.

– Erzähl doch mal lieber, wie dieses Wetter-Ding funktioniert, sagte Beverly.

– Wetter-Ding? Welches Wetter-Ding?

– Na dieser Wetterterror. Du weißt schon.

– Was, wie, Terror?, rief Dragan. Ich bin Wetter-Anarchist! Nicht Terrorist! Das ist ein Unterschied!

– Okay, klar, aber manipulierst du nur die Wettervorhersagen oder manipulierst du das Wetter an sich?

– Wie soll man denn bitte das Wetter manipulieren?

– Ach so, ich dachte halt –

– Was dachtest du?

– Immerhin schneit es seit drei Wochen. Deswegen dachte ich eben, na ja, du weißt schon, dass da irgendwelche biochemischen Prozesse im Spiel sind.

– Okay, kleiner Crashkurs in medialer Manipulation: Weißt du, was das beste Ablenkungsmanöver der Welt ist? Die Erfindung von Gott. Ein genialer Bluff der Kirche, und der geht so: Es gibt irgendwo einen Boss, der macht die Ansagen. Der hat die absolute Macht zum Erschaffen und Vernichten, aber er ist nie da und keiner hat ihn je gesehen. Und solange das so bleibt, ist die Kirche sein Stellvertreter und kassiert ab. Ein Trickbetrug, der seit 2000 Jahren funktioniert. Und genauso gehen wir hier auch vor. Je fetter die Lüge, desto leichter zu schlucken.

Nach einer Kaffeepause studierten sie den Stadtplan und besprachen die Fluchtrouten. Beverly war der Meinung, dass man mit einem Lastwagen so gut wie keine Chance hätte, aus Berlin zu entwischen. Zu viele Kameras, zu viele Möglichkeiten für Straßensperren. Dragan spielte die Möglichkeit durch, mit einem Lastenhubschrauber des russischen Modells Mil Mi-26 zu entkommen, doch auch hier war man sich einig, dass der Luftraum zu gut überwacht war und dass wegen der »Drecks-Luftüberwachung« (Zitat Rocco Palmieri) keine Chance bestünde, unerkannt zu landen. Dragan wurde immer aufgebrachter und lief hektisch von links nach rechts.

– Wie soll man bitte einen schönen Raub begehen, wenn man gleich die ganze Staatsmacht gegen sich hat? Nicht ein Mal können sie aufhören, einem hinterherzuschnüffeln. Andauernd hängen sie an ihren Telefonen und schwirren mit den Satelliten um den Planeten! Wo bleibt da bitte die Privatsphäre, frage ich! Wo bleibt die denn? Die bleibt auf der Strecke!

Der Weg durch den Untergrund schien ihnen die beste Option zu sein. Sie studierten die Abwasserkanäle und Versorgungstunnel auf einer 3x3 Meter großen Karte, die den Boden bedeckte. Was die Geografie der Stadt betraf, hatte Dragan ein eigenes System entwickelt. Er war hochgradig paranoid, was Polizeispitzel anging, und befürchtete (zu Recht), abgehört zu werden. Deshalb hatte er sich für alles Codenamen ausgedacht und die Stadt in 17 Sektoren eingeteilt, die nach tschechischen Städten benannt waren. Wenn Dragan von Olomouc sprach, meinte er Friedrichshain, Ostrava bedeutete Wedding, Pardubice war Charlottenburg, und Letovice Treptow. Außerdem redeten Dragan und Rocco Palmieri nur in Belgrano-Deutsch am Telefon und gaben Uhrzeiten in Teheran-Zeit an, wenn sie einen Termin ausmachten.

Nach weiteren Diskussionen machten sie Mittagspause. Dragan ließ für sich und seine Crew Pizza mit grünem Spargel und Pistazien kommen. Beverly hatte keine Lust auf Faxen dieser Art und wollte sich die Beine vertreten. Sie spazierte Richtung Süden und suchte nach Essbarem. Schnittige Mopeds zischten über den Leopoldplatz, ein Hauch von Eau de Promiscuité und Weltrevolution lag in der Luft.

– Lange nicht gesehen, sagte der Imbissbesitzer an der Kreuzung, wie üblich?

– Wie üblich.

– Ohne Mayo und ohne Ketchup?

– Klar, ich bin doch nicht irre.

Beverly aß ihre Pommes immer ohne. Sie fand, nur so verfälsche es nicht den Geschmack.

– Pommes mit Ketchup und Mayo?, stimmte der Imbissbesitzer mit ein, da kann man auch gleich einen Eimer Zement drübergießen.

Der Mann war ein Kenner und berühmter Experimenteur. Er hielt das Patent für zahlreiche Exotismen und seine Bude war weit über die Stadtgrenzen bekannt. Als Beverly den letzten Bissen der Sorte *Classico Nr. 1* verschlungen hatte, schnalzte sie mit der Zunge.

– Kompliment, Maître!

– Empfehlen Sie uns weiter.

Doch da war Beverly schon verschwunden. So wie sie immer weg war. Und nur die kreisende Münze auf dem Tresen zeugte davon, dass es auf der Welt jemanden gab, der herumlief und wert auf gute Fritten legte.

– Kannten Sie diese Frau?

– Bitte?

– Die Frau, die hier gerade Pommes gegessen hat, kannten Sie die?

Ferenc Hotfilter zündete sich eine *Caraux* an und schob einen Zwanziger über den Tresen.

– Nein, nicht besonders. Kommt alle paar Wochen mal vorbei.

Hotfilter zog sich den Trenchcoat hoch und lief zurück zum Wagen, in dem sein Assistent János Czinka saß.

– Sind die Kollegen an ihr dran?

– Klar doch, Ferenc.

Beverly hatte längst bemerkt, dass sie beschattet wurde, und ging rüber zu Karstadt. Auf der Rolltreppe konnte sie ihre Verfolger ausmachen. Beverly fuhr drei Stockwerke rauf, zwei Stockwerke runter und probierte erst mal ein paar Rollkragenpullover an. Nein, Rollkragenpullover waren nichts für sie. Plötzlich schlug sie einen Haken, durchquerte die Umkleidekabinen, nahm den Fahrstuhl in den Keller und verließ das Kaufhaus durch den Lieferanteneingang. Einen der beiden Verfolger hatte sie bereits abgeschüttelt, ein anderer folgte ihr noch. Beverly rannte über die Kreuzung, sprang in den U-Bahnhof, lief auf der anderen Seite wieder hoch, dann hatte sie auch den zweiten abgeschüttelt. Als sie nach weiteren Umwegen wieder die Malplaquestraße erreichte, blickte sie sich um und kontrollierte die Autos, die in der Straße parkten. Fiat Panda, Renault Zoe, Fiat Panda, Renault Zoe, die ganze Straße voller Fiat Pandas und Renault Zoes. Autos, die nie ein Polizist aufschließen würde.

Auf Samtpfoten schlich Beverly das Treppenhaus hinauf. In der zweiten Etage hielt sie kurz an und horchte. Ein leises Geräusch war zu hören, langsam schlich sie weiter, lugte. Auf der obersten Treppenstufe saß Dragan Vidović und kaute Kaugummi.

– Was ist los, Kaczmarek?

– Was soll schon los sein?

– Hast dir ganz schön Zeit gelassen mit der Mittagspause.

– Und?

– Nichts und.

– War nur 'ne Runde spazieren, ist das verboten?

– Also pass auf, wir haben noch mal die Fluchtroute gegengecheckt: Mit dem Tunnel im Nordwesten könnte es klappen. Gute Streckenführung, gute Deckenhöhe, kein U-Bahn-Betrieb seit 1961. Bedeutet aber, dass wir mal bei Maximow anklopfen müssten.

– Warum das?

– Die Route führt direkt unter dem CKQ entlang, und da sollten wir vorher fragen.

– Ja, aber könnten wir nicht auch –

– Was könnten wir?

– Ach nichts, ich dachte nur.

– Du weißt doch, wer Maximow ist, oder?

– Ja, doch, da klingelt was.

– Hast du ihn mal getroffen?

– Nicht wirklich.

– Was heißt »nicht wirklich«?

– Nicht direkt.

– Was heißt »nicht direkt«?

– Nicht so richtig.

– Sag nur, du hast Ärger mit dem Schwein?

Beverly überlegte einen Augenblick.

– Nein, also ja, doch, vielleicht, weiß ich nicht so genau.

Dragan wedelte mit dem Telefon.

– Umso besser, dann fragen wir gleich mal nach.

J

Das CKQ leuchtete in der Dunkelheit wie eine vollkommene Festung. Ein Bollwerk, von dem man nicht wusste, ob es zum Angriff oder zur Verteidigung errichtet worden war, ein Ungeheuer der Baukunst, hervorgegangen aus der alten Maschinenfabrik am Westhafen. An diesem Ort wurden Träume nicht erfüllt, hier wurden sie erfunden. Das *Cool Kool Qool* – oder CKQ, wie es von allen genannt wurde – war genauso legendär wie sein Schöpfer und Besitzer, der für seinen Zorn berüchtigte Boy Maximow. Der weitläufige Nachtklub erfüllte nicht nur die Wünsche aller Herren Länder, er hatte auch 24 Stunden geöffnet, jeden Tag der Woche, an jedem Tag des Jahres. Weswegen er also Nachtklub genannt wurde, musste schlicht daran liegen, dass in der Konzeption keine Fenster vorgesehen waren. Ansonsten gab es im CKQ alles. Und wenn es etwas nicht gab, wurde es umgehend organisiert. Hatte man das nötige Kleingeld und die passende Laune, konnte man dort Tage oder Wochen verbringen.

Im Erdgeschoss servierten Restaurants Spezialitäten von sieben Kontinenten (einschließlich der Antarktis), zwei Kinos und ein Minigolfplatz lagen im ersten Stock, ein

Pool und das Casino im zweiten, es gab Hotelzimmer aller Preisklassen und privaten Service jeder Couleur. Labyrinthisch wurde es, wenn man die kilometerlangen Kellergeschosse des *CKQ* durchforstete, ehemalige Bunkeranlagen und Geheimgänge, Katakomben unter dem Kanal, die in immer neuen rhizomartigen Verzweigungen nach links und rechts führten. Wer sich nicht auskannte, konnte Stunden brauchen, um wieder ans Tageslicht zu gelangen. Aber wer würde schon die Sonne sehen wollen, wo er doch jetzt im *CKQ* war? Jeder, der durch das Tor zur Unterwelt gelangt war, wollte es mit keiner anderen Welt mehr tauschen. Und schon gar nicht in den letzten Stunden des Jahres.

Gheorghe Poljakov stand vor dem Eingang des Betontempels und ballte die Faust in der Tasche. Er hasste Silvesterpartys. Und er hasste es zu arbeiten, wenn seine Lieblingsserie lief. Gheorghe Poljakov war die Geheimwaffe der Berliner Wasserbetriebe, ein Wellenbrecher, der Mann, den man losschickte, wenn alles verloren schien. Und das schien es. Zwischen den Feiertagen regierte die Panik in den Beamtenstuben der Hauptstadt. Es ging um die Jahresbilanz. Zahlen wurden beschönigt, hektisch wurde durch die Bezirke telefoniert. Die Abteilungschefs der Wasserbetriebe beäugten sich misstrauisch beim Kantinenkaffee, zwischen Aufstieg und Fall lag nur ein schmaler Grat. Und in Abteilung U war die Stimmung im Keller. Abteilung U war zuständig für Unterschlagung und Betrug, so gesehen: Wasserkriminalität. Jeder, der unbefugt das Wassernetz anzapfte, bekam es mit Abteilung U zu tun. Und die Umtriebe im *Cool Kool Qool* waren schon seit Jahren ein Dorn im Auge des Abteilungsleiters. Dutzende Verfahren waren eingeleitet, Dutzende Anträge gestellt. Doch alle Ermittlungen waren ins Leere gelaufen, man konnte dem CKQ nie etwas nachweisen. Dabei lag es auf der Hand, dass hier Wasserraub im großen Stil gelang, Millionen Hektoliter pro Jahr. Offensichtlich, dass an den richtigen Stellen geschmiert wurde. Zwar war das nichts Besonderes, jeder Nachtklub schmierte irgendwen, doch beim CKQ waren höchste Kreise involviert, Polizei und Politik hielten sich vornehm zurück, wenn es um eine Zusammenarbeit ging. Und wen interessierten schon die Wasserbetriebe? Es gab wichtigere Probleme. Außer vielleicht für den Chef der Abteilung Wasserkriminalität.

Und so kam Gheorghe Poljakov ins Spiel, ein moldawischer Schläger, der in den Nullerjahren für die ukrainische Mafia im Osten der Stadt aufgeräumt hatte. Für Leute wie Poljakov gab es bei den Wasserbetrieben ein geheimes Budget plus Spesenkonto. Wenn man nicht weiterwusste, rief man Poljakov an, Poljakov regelte das. Bevor er nach Berlin gekommen war, hatte er in Tiraspol als Klempner gearbeitet, er war vertraut mit dem Kreislauf des Wassers, hatte einen siebten Sinn für hohle Wände und versteckte Anschlüsse, auf seinen gewaltigen Schultern war das Donaudelta eintätowiert. Und als ihn am Nachmittag des 31. Dezember der Chef angerufen hatte, brannte die Leitung. Er solle sofort ins CKQ, noch in diesem Kalenderjahr müssten Ergebnisse auf den Tisch. Fotos, Zeugenaussagen, Tabellen. Am besten natürlich Tabellen. Er solle etwas finden, egal was. Etwas, das man vermerken, verbuchen, und abheften konnte.

Bei der ganzen Sache gab es vorerst nur ein Problem. Dieses Problem war 1 Meter 89 groß, hatte platingraue Schläfen, Bizepse hart wie Industriebohrköpfe und stand am Kopf der Schlange, die vor dem *Cool Kool Qool* 300 Meter in die Silvesternacht herausreichte. Von Serge Vanderschooten konnte man viel behaupten, aber nicht, dass er ein Spaßvogel war. Serge Vanderschooten war nicht der Typ, mit dem man mal für ein Wochenende zum Saufen nach Prag fuhr. Serge Vanderschooten war verschlagen und gewalttätig und schlau wie Pfeffer, und in Prag ist er noch nie gewesen, weil ihn Prag einfach nicht interessiert. Der Kommandant des Sicherheitspersonals war eine lokale Berühmtheit und in Kampfsport-, Strafrecht-, Kamtschatkabärenjagd- und anderen Testosteronkreisen berüchtigt. Auf seine Arme hatte er folgende Tiere tätowiert: einen Blauwal, einen Finnwal, zwei springende Delfine, einen Babykillerwal, eine Seekuh, zwei Pottwale, zwei Grönlandwale, zwei Haiwale, zwei Buckelwale, zwei Glattwale, zwei Belugawale, zwei Furchenwale und einen Grauwal. Der Grauwal war eindeutig am besten getroffen (Cameron Liminski hatte ihn gezeichnet, mit dem hatte er 2009 mal was gehabt in Indianapolis). Die Truppe, die Serge Vanderschooten anführte, hatte die Stärke einer Guerilla-Brigade, mit der sich problemlos jeder kleinere Bürgerkrieg (Stichwort Transnistrien, Stichwort Südossetien) aufmischen ließ.

Gheorghe Poljakov setzte sein professionelles Lächeln auf und lief langsam zwischen den Türstehern hindurch. Sich zwei Stunden vor dem CKQ anzustellen, kam für ihn nicht infrage, das hätte an seinem Image als Geheimwaffe gekratzt. Außerdem wollte er wieder nach Hause und seine Serie *Soroca Express – Die Tankstelle der Träume* weiterschauen. Poljakov stellte sich direkt vor Serge Vanderschooten und sah ihm in die Augen. Der Sicherheitschef quatschte etwas in ein Walkie-Talkie und nickte ihm zu, dann wendete er sich wieder ab. Tja, dachte Poljakov, ging ja einfacher als gedacht.

Als die moldawische Geheimwaffe die Eingangstür des CKQ durchschritt, hämmerten ihm unfreundliche Bässe gegen die Stirn. Um ihn herum tanzten die Glücklichen, wippten die Unglücklichen, kippten die Launen vom einen ins andere. Er sah die Freaks, die Riff-Raffs, die Ausgeflippten im Taumel der Nacht. Ein Papagei flatterte Poljakov entgegen und er musste den Kopf einziehen. Er war nun in der *Palmenhalle* angelangt. Kanarienvögel und Lemuren saßen in Käfigen, die von der Decke hingen. Innensenator Diedrichsen stand an einem kleinen Springbrunnen und trank Champagner mit seinen PR-Beratern. Hinter ihnen drehten zwei Kaukasus-Leoparden mit Diamant-Halsband in einem Käfig ihre Runden. Eine Etage darunter musste Poljakov geduckt durch die Gänge gehen, die Deckenhöhe betrug hier nicht mal 1 Meter 70, danach passierte er eine riesige Tanzfläche. Coraghessian Pa-okanhoya legte gerade seinen Psychedelic Congo Mix auf und schien schwer in Form. Er benutzte seine Aguadilla-Technik, mit der er die Tanzenden in einer Art Massenpsychose hielt und über Stunden hinderte, den Raum zu verlassen.

Poljakov schob seinen Körper schnell an der Tanzfläche vorbei, fand die Wendeltreppe hinter dem *Electric Shower*

Room (wo jede Nacht Silvester gefeiert wurde, nur am 31.12. nicht) und stieg hinab ins zweite Untergeschoss, wo die Katakomben begannen. Im Labyrinth des untersten Stockwerks dampfte die Luft, jeder Raum hatte ein eigenes Thema, und jeder Raum zog eine andere Art von Verrückten und Abgestürzten an. In der ersten Kammer lautete das Motto: *Die Republik wackelt, die Republik stampft*, im Raum daneben wurde zur Parole *Ohne Unten Oben Ohne* getanzt und in der *Guilty Disco* zu extremistischer Musik aus den 50ern ausgeflippt. Hier unten, im zweiten UG, lagen auch die privaten Räume des Clubchefs, um die sich die wildesten Spekulationen rankten. Eingeweihte berichteten z. B., dass Maximow ein Terrarium in seinem Büro stehen habe, in dem er den seltenen, fast ausgestorbenen indischen Felsenmaulwurf züchtete, aus dessen Fell er sich seine Mäntel nähen ließ. Auch Poljakov hatte von diesen Gerüchten gehört, doch er glaubte nicht daran. Poljakov glaubte nur an Gott, Wasser und die Fernsehserie *Soroca Express – Die Tankstelle der Träume.*

Er steuerte die hinterste Bar im letzten Raum am Ende des Flurs an. Am Tresen vor ihm saßen drei Lyrikerinnen, die gerade lautstark herummaulten, nie wieder Wörter mit den Buchstaben F, O, A, P, Q, C, L, V, J und U zu verwenden. Neben ihnen saßen zwei holländische Patentanwälte, die sich in einem strudelhaften Ketaminrausch befanden und frisch tätowiert waren (auf der Schulter des einen prangten ein Haifisch und ein Riesenkalmar verschlungen im ewigen Kampf, auf der Schulter des anderen prangten Thomas Edison und Nikola Tesla, ebenfalls verschlungen im ewigen Kampf). Neben den Patentanwälten saßen drei finnische Dragqueens. Und neben den Dragqueens saß ein Mann mit rotem Bart und eine Frau mit ungewöhnlich braunen Haaren.

– Hi, sagte die Barkeeperin, ich bin Trixi Toxic. Was darf's sein?

Dragan und Beverly studierten die Getränkekarte. Sie war in irgendeiner Sprache, die sie nicht kannten.

– Ist das kantonesisch?

– Taiwanesisch.

– Und warum?

– Ach, einfach so.

– Gut, dann ein starkes Mineral bitte.

– Ein starkes was?

– Mineralwasser mit extrem hoher Kohlensäurekonzentration, ist doch klar.

– Und für dich, Hombre?

– Honolulu Cooler, viel Schirmchen, viel Eis.

Da saß Beverly also, kippte ihr Mineralwasser hinunter, machte einen auf lässig, setzte ein Gesicht auf, als wäre es 1959 und sie auf den Champs-Élysées, um da den *New York Herald Tribune* zu verticken, hatte sich die Ärmel hochgekrempelt, nickte Dragan regelmäßig zu, der sich gerade in einen Monolog über die österreichische Hochseeflotte im 19. Jahrhundert verstrickt hatte, sah fokussiert und entspannt aus und gleichzeitig schoss ihr seit ein paar Minuten handfeste Paranoia durch den Kopf.

Zum einen war das wohl der verwinkelten Labyrinthstruktur des CKQ zuzuschreiben, zum anderen den manischen

Skizzen, die Poljakov neben ihr auf seinen Notizblock kritzelte. Der Hauptgrund war jedoch, dass sie vor ein paar Minuten einen zarten Hauch *Nuit de Essaouira* gerochen hatte, ein Independent-Parfum, das nur einige hunderte Male abgefüllt worden war, das letzte Mal 1981, dementsprechend teuer und eigentlich unauftreibbar war, und dessen letzten großen Bestand ihre Brüder vor vier Jahren einem Sammler in Granada abgeknöpft hatten. Dieses Parfum also, mit dem sich Yves und Billy (aber vor allem Yves) seit einigen Jahren in obszönem Ausmaß besprühten, weil sie keine Ahnung hatten, wie viel Euros sie bei jedem Spritzer in die Atmosphäre jagten, dieses Parfum, das Beverly seit Weihnachten letzten Jahres nicht mehr gerochen hatte, war ihr jetzt wieder in die Nase geschossen, und hatte sie in sofortige Alarmbereitschaft versetzt. Klar, es konnte auch irgendwer sonst mit einer Fahne *Nuit de Essaouira* durch das CKQ streunern und klar, das könnte auch schon Tage oder Wochen her sein (NdE haftete länger als Marderurin an zarten Eichentresen), aber Beverlys Erfahrung als Mensch und Kriminelle hatte gezeigt, dass Zufälle zwar passierten, jeden Tag, am laufenden Band, alles und jeden dominieren, z. B. die Entstehung des Lebens vor drei Milliarden Jahren oder die Steuersätze der Republik Luxemburg, aber dass man nie, nie, nie an diese Zufälle glauben durfte, weil am Ende einer solchen, mit Leichtgläubigkeit gebastelten Kausalkette Tod und Vernichtung stehen.

Sie tat weiter so, als würde sie Dragans Ausführungen zum Matrosenaufstand von Cattaro abnicken, beobachtete aber in Wirklichkeit wie ein Schakal die Ein- und Ausgänge des Raums, die ruckartigen Handbewegungen der Barkeeperin, die Blickachsen der übrigen Personen und schnüffelte unauffällig am Tresen, um vielleicht noch eine weitere Note *Nuit de Essaouira* zu erhaschen.

K

Beverly hatte im Vorfeld im Internet recherchiert, um sich besser auf das Treffen mit Maximow vorzubereiten und einige Dinge über die Vergangenheit des exzentrischen Oligarchen herausgefunden. So hatte sie auf *reddit.com* gelesen, dass er als Sohn einer russischen Emigrantenfamilie in Jersey City geboren und wegen seines Vornamens (Boris Bogdanowitsch) von allen nur Boy gerufen wurde. Und in einem Artikel auf *gazeta.ru* stand, dass er in jeder freien Minute (wenn er es nicht gerade mit Mobbing, Ausgrenzung, Verachtung aufgrund seiner Herkunft und seines Namens zu tun hatte) mit seinem Onkel, der für den *Cincinnati Enquirer* als Zookritiker arbeitete, in den Wäldern von Ringwood und Black River herumhing. Denn Boy Maximows früheste und einzige Leidenschaft galt der Welt der Käfer.

Mit 19 Jahren haute er von zu Hause ab, besorgte sich (laut *aljazeera.net*) ein One-Way-Ticket nach Kairo und schrieb sich am zoologischen Institut bei Professor El-Mekawi ein, um sein Leben ausschließlich der Käferkunde zu widmen. In den ersten Semesterferien reiste Maximow dann in den Kongo, um eine wissenschaftliche Arbeit über die Familie der Rosenkäfer (*Pachnoda marginata*) zu schreiben. Ein Professor aus Pointe-Noire gab ihm den Tipp, im nördlichen Department Sangha zu suchen, und so verschlug es ihn für zwei weitere Wochen ins Kameruner Grenzgebiet, von wo er weiter nach Simbabwe flog. Als dort der Bürgerkrieg ausbrach, konnte er gerade noch nach Mosambik fliehen, und von dort weiter nach Tansania, wo er auf einer Hoteltoilette in Daressalam die bis dahin unbekannte und künftig nach ihm benannte Rosenkäfer-Unterart *Pachnoda marginata Maximowa* entdeckte. In den nächsten Jahren folgten weitere Forschungsreisen nach Gabun, Sierra Leone und Benin. Die Uni hatte er da schon längst geschmissen, den Kontakt mit seiner Familie abgebrochen. Maximow tingelte, getrieben von Ehrgeiz, Wahn und zoologischen Phantasmen, durch die Steppen und Wälder Ostafrikas, Tag und Nacht die Blätter des Kathstrauchs kauend.

Völlig abgemagert und von Malaria-Schüben zerfressen, traf er, inzwischen 24 Jahre alt, in Harar einen türkischen Kunstsammler, von dem er sich auf ein kapriolenreiches Wochenende nach Uganda einladen ließ. Es entwickelte sich eine ziemlich toxische Affäre, doch wenig später wurde der Kunstsammler in der Provinzhauptstadt Arua erschossen. Es ist nicht ganz klar, ob die Willkür von General Idi Amin dahintersteckte oder eine Telefonistin, die in der saudi-arabischen Botschaft in Kampala arbeitete und die der türkische Kunsthändler mit einem Kind im Bauch zurückgelassen hatte. Wie auch immer, Maximow riss sich in einem Handstreich die Sammlung seines Freundes unter den Nagel und als er beim Verscherbeln des ganzen Plunders merkte, dass da durchaus Geld zu machen war, begann er nicht nur zu verkaufen, sondern auch zu kaufen, warf den Käferwahn über Bord, und wurde in rasender Geschwindigkeit eine große Nummer auf dem ugandischen Kunstmarkt. Meist waren es die Gattinnen reicher Kaffeeplantagenbesitzer, die seinen Umsatz bestritten und mit Dollars um sich schmissen, wenn er sie mit den richtigen Parolen zuquatschte. Und Gattinnen mit irgendwelchen Parolen zuzuquatschen, war Maximows Spezialgebiet. Er expandierte innerhalb weniger Jahren nach Dschidda, Aden, Taipeh, Busan und wurde steinreich.

Aber der Erfolg hatte auch Schattenseiten: Er kam kaum noch zur Ruhe, sein Schlaf war so selten wie seine Erektionen, Kokain und Amphetamine gaben sich die Klinke in die Hand. Als Maximow seinen ersten Herzinfarkt erlitt, war er gerade 35. Nach dem zweiten beschloss er, sich zurückzuziehen und auf einem griechischen Archipel zu leben, das er ein paar Jahre zuvor gegen ein Dutzend Pollocks eingetauscht hatte. Er hielt es gerade einmal zwei Wochen aus. Anfang der 90er zog er, inzwischen schwer opiatabhängig, nach Mailand und baute seine Galerien und Stiftungen weiter aus. Er experimentierte mit Technologiefirmen und Glückspiel kaufte sich bei Medienkonzernen und Fernsehsendern ein, verlor aber den Kunstmarkt als Kerngewerbe nie aus den Augen. Zwischen Helsinki und Athen hielt er die Strippen in der Hand, zwischen Porto und Petersburg peitschte sein Privatjet durch die Nacht. Maximow verwaltete Europa wie einen Garagenstellplatz, sein zweiter Vorname war Europa, *Boy Europa Maximow*.

Doch wie jedes Jahrzehnt geht auch jede Glückssträhne mal zu Ende. Im Dotcom-Crash versenkte er den Staatshaushalt von Albanien, und von da an ging es bergab. Von den italienischen Steuerbehörden gebeutelt und von den karibischen Verbrecherbanken ausgetrickst, floh Maximow über Zürich nach Berlin. 80 Prozent seines Vermögens waren auf der Strecke geblieben, aber auf dem Konto hatte er noch immer acht Nullen vor dem Komma. Er konsolidierte sich und stieg groß ins Immobiliengewerbe ein, kaufte, was es zu kaufen gab: Häuser, Häuserblocks, Straßenzüge. Und natürlich das CKQ, das er zu seinem Hauptquartier ausbaute.

Ungefähr das wusste Beverly also, als Dragan und sie an der Bar abgeholt und durch einen langen Gang geführt wurden, der an einer Stahltür endete. Ein Summton ertönte, und die Tür öffnete sich mit einem Klicken. Die Decke war mit dunklen Edelhölzern verkleidet, Mahagoni und Palisander, das Parkett, auf dem Beverly stand, war aus Teak. Der Geruch von teuren Zigarren hing in der Luft und ein Rothko an der Wand. Boy Maximow saß in einem massiven Ledersessel am anderen Ende des Raums und starrte Beverly an.

– Irgendwie hatte ich Sie mir anders vorgestellt.

– Tja, sagte Beverly, Pech gehabt.

Maximow schnipste mit den Fingern, und Serge Vanderschooten kam hinter dem riesigen Terrarium zum Vorschein. Er trug eine umgedrehte Basecap von *Sibir Nowosibirsk* und eine wahnsinnig enge Jeans, die über seinem Hintern spannte. Maximow, der von oben bis unten zugekokst war, tat nicht mal so, als würde er nicht hinstarren. Beverly vermutete (durchaus richtig), dass die beiden auch miteinander ins Bett gingen.

– Das ist mein Anwalt, Serge Vanderschooten. Er berät mich in allen Fragen des guten Geschmacks. In diesem Fall also in Fragen des passenden Getränks.

– Keine Sorge, sagte Beverly, das kriege ich auch alleine hin. Wodka Soda, viel Eis, viel Zitrone, danke.

– Dragan, was darf's für Sie sein?

– Sliwowitz mit Maraschinokirsche.

Maximow tat so, als hätte er das überhört und ließ einen 1991er *Château Chauve-Souris* aus seiner Rotweinsammlung (die das BIP von Vanuatu knapp überstieg) einschenken.

– Beverly, ich muss zugeben, ich bin überrascht, Sie zu sehen.

– Ach wirklich?

– Ich finde es bemerkenswert, dass Sie hier sitzen und keine Angst haben, ich könnte Ihnen das Hälschen umdrehen.

– Warum sollten Sie so was tun?

– Vielleicht weil Sie mir eine 100.000-Dollar-Vase gestohlen haben?

– Vergessen Sie mal nicht die andere Vase, die mir beim Rausklettern runtergefallen ist.

– Serge, hat man so etwas schon mal gehört? Ich bin fassungslos.

Maximow hatte den Revolver mit Perlmuttgriff, der vor ihm zwischen zwei Kokainlinien auf dem Tisch lag, angestoßen, sodass er sich wie ein Glücksrad drehte, was schon eine ziemlich billige Masche war, wie Dragan fand.

– Und was wollen Sie jetzt?, fragte Beverly. Dass ich die Vase zurückbringe?

– Ach, völlig uninteressant. Erstens handelt es sich dabei um ein komplett unbedeutendes Objekt und zweitens habe ich gestern Herrn Orlandić aufgesucht, um sie zurückzubekommen.

– Wie schön, wie geht's ihm denn?

– Schlecht. Ich fürchte, seit gestern geht es ihm sehr schlecht.

Maximow hatte wieder angefangen mit seinem Revolver herumzuspielen und blickte sie finster an.

– Also, lassen Sie uns auf den Punkt kommen. Unser gemeinsamer Bekannter aus dem Glücksspielgeschäft, der verehrte Herr Vidović (Dragan prostete ihm mit seinem Glas zu und brummte irgendwas), hat mir berichtet, Sie wollen etwas von mir. Gut, darüber lässt sich reden. Allerdings dürfte es Sie nicht überraschen, dass ich im Gegenzug auch etwas von Ihnen will.

– Hatte ich mir fast gedacht.

– Und deswegen, aber auch damit ich mich vornehm zurückhalte, Ihr zartes Gesichtchen grün und blau zu prügeln, und weil ich mir vorgenommen habe, Ihnen möglicherweise zu verzeihen, in der Annahme, dass Sie nicht wussten, wem die Vase gehört, und weil ich dadurch meine Güte und meinen unendlichen Großmut beweisen kann, dürfen Sie etwas für mich besorgen. Es handelt sich um ein Objekt ersten Ranges. Ein Meisterwerk, ein Beweis für die Existenz Gottes auf Erden. Ich sehne mich schon seit Jahrzehnten nach diesem Gemälde und wäre überglücklich, es zu besitzen. Also sagen Sie: Können Sie es für mich organisieren?

– Ich kann so gut wie alles organisieren.

– Das freut mich zu hören, es hängt nämlich in der Nationalgalerie.

– Und dann sind wir quitt?

– Dann dürfen Sie meine Tunnel benutzen, korrekt.

Dragan klärte alles Weitere. Man verglich die Terminkalender, einigte sich auf ein ungefähres Datum und sprach über andere Formalitäten. Dann beschloss man, sich erst wiederzusehen, wenn die Angelegenheit über die Bühne gebracht war.

– Demnach haben wir ein Business?

– Sieht ganz danach aus.

Maximow streckte seine Hand aus, und Beverly schlug knallig ein.

– Eines noch, sagte sie. Dieser Rothko, den Sie da an der Wand hängen haben.

– Ja, was ist damit?

– Meine Brüder haben ihn letzten Sommer in Madrid gestohlen. Darf ich fragen, wie es kommt, dass er hier hängt?

– Aber natürlich, sagte Maximow. Ich habe ihnen den Auftrag dazu gegeben.

– Schade, ich hatte gehofft, Sie hätten ihnen deswegen den Hals umgedreht.

Beverly kippte den Rest ihres Glases hinunter, pustete sich eine Strähne aus dem Gesicht und griff nach ihrem Anorak.

Als sich die Stahltür hinter ihnen geschlossen hatte, drehte sich Maximow zu Serge Vanderschooten, der am Terrarium lehnte und kühl lächelte.

– Ruf Tazzjana an, sagte Maximow, wir haben eine neue Kundin für sie.

– Hast du diesmal an was Bestimmtes gedacht?

– Hauptsache, es läuft absolut diskret ab.

– Wie wär's mit Selbstmord?

– Lässt sich das machen?

– Pas de probleme. Schlaftabletten, Badewannen und Pulsadern, Gasherde, alles was du willst.

– Aber vergiss nicht, ihr zu sagen: Erst wenn wir das Gemälde haben, keinen Tag vorher, ist das klar?

– Na klar, Boss.

L

Auf dem Asphalt der Straßen war der Sekt schon zu Eis gefroren, als Beverly nach Hause lief. Der erste Januar kroch ihr kalt die Luftröhre hinab, unter ihren Schuhen knirschte der Schotter, die Glasscherben, die Patronenhülsen und Raketenreste, das Geräusch von hunderttausend zerbrochenen Schallplatten. Es war zwei Stunden her, dass sie das CKQ verlassen hatte, sie war den ganzen Weg zu Fuß gegangen.

Zurück in der Waldemarstraße, schaltete sie den Herd an und donnerte zwei Eier mit Backspin in die Pfanne, als ihr plötzlich der Geruch von Minze in die Nase stieg. Sie wanderte in der Küche umher und suchte nach der Quelle, prüfte, ob das Fenster im Schlafzimmer zu war und bemerkte, dass die Badezimmertür geschlossen war. Die Badezimmertür war nie geschlossen. Beverly schlich sich an und schnupperte. Es minzte ganz offensichtlich aus dem Badezimmer heraus. Der Geruch von Minze und dreißig weiteren Kräutern, so wie es der Aufdruck ihres Badezusatzes versprach. Langsam näherte sich ihre Hand der Klinke, um sich noch langsamer wieder von ihr zu entfernen. Sie dachte nach und kam zu folgendem Ergebnis:

Erstens: Offenbar wurde in ihrer Wohnung gebadet.
Zweitens: Sie war es nicht, die badete.
Drittens: Das alles konnte nichts Gutes bedeuten.

Beverly beugte sich langsam nach unten und versuchte, durch das Schlüsselloch zu schauen. Es war nichts zu erkennen. Sie überlegte:

Erstens: War es die Polizei, die in ihrer Wanne badete? Sicher nicht. Die Polizei badet nicht.
Zweitens: Wer badete dann?
Drittens: Das alles konnte nichts Gutes bedeuten.

Sie schlich zurück in die Küche und holte die Kalaschnikow unter der Spüle hervor. So leise wie möglich legte sie das Magazin ein, entsicherte und stieß die Tür auf. Wie ein Kleinkind lag Sylvester Kaczmarek im lauwarmen Wasser und schlief. Seine faltige Haut hing an den Armen herab, seine Ohren lappten über den dichten Backenbart, ein gleichmäßiges Ausatmen zischte durch seine Zahnlücke. Beverly musste lachen, doch dann fiel ihr Blick auf die Zeitschrift, die neben der Badewanne lag, und sie wurde böse. Es war die neueste Ausgabe von *COUP ™ – Das Heist-Magazin* (erschien vierteljährig in Belgrad). Beverly hatte es gerade erst gekauft und noch nicht mal den Leitartikel gelesen, geschweige denn die Kolumne von Phil Mangrovious, doch jetzt war schon alles wüst verblättert und der Umschlag mit nassen Fingerabdrücken übersät. Wie es schien, hatte der selbsternannte *Fürst von Rio* ihre Lieblingszeitschrift gelesen, bevor er eingeschlafen war. Gerade als sie sich anschleichen wollte, um ihren Großvater unsanft zu wecken, öffnete dieser die Augen und schaute Beverly verschlafen an.

– Na, du alte Stinkekatze.

– Na, du alte Kratzbürste.

– Auch schon wach, alter Komodowaran?

Sylvester rappelte sich auf.

– Nur ein kleiner Jetlag. Gibt's in diesem Haushalt eigentlich Handtücher?

– Nicht für Einbrecher.

– Was heißt hier »Einbrecher«? Der Fürst von Rio hat gerade einen 14-Stunden-Flug hinter sich in einer 50 Jahre alten Tupolew!

– Hier ist ein Waschlappen. Reicht das?

– Wird man so im Alter behandelt? Kein Respekt! Keine Ehre!

– Ach, halt die Klappe, du hast mich zu Tode erschreckt. Woher hast du überhaupt diese Adresse?

Sylvester angelte nach seinem Trainingsanzug.

– Steht doch im Telefonbuch, oder nicht?

– Unwahrscheinlich.

– Tja, rief der Fürst von Rio triumphierend, dann habe ich gut geraten! Übrigens habe ich Geschenke mitgebracht. Alles Gute!

Er streckte Beverly die Hand zum *high five* entgegen.

– Sylvester, zieh dir endlich eine Hose an!

– Ja ja, ist gut. Wann gibt's Frühstück?

Kurz darauf hatte er sich in seinen titanweißen Trainingsanzug geschmissen und pomadisierte trällernd seinen Schnurrbart. Auf dem Küchentisch stand eine Geburtstagskerze neben zwei Spiegeleiern.

– Beeil dich! Sonst friert das Essen ein!

Sylvester steckte seinen Kopf aus der Badezimmertür.

– Uno momento! Du willst doch, dass dein Vorfahre gut aussieht?

Der Fürst von Rio zückte einen Flakon und parfümierte seinen faltigen Hals.

– Ist das nicht ein bisschen viel?

– Ach was. Katholiken sprühen dreimal.

– Und was ist jetzt mit den Geschenken? War nicht von Geschenken die Rede?

– Aber ja, die Geschenke! Bitte, reiß sie auf! Reiß sie entzwei! Mach mit ihnen, was du willst.

Sylvester reichte ihr ein Päckchen, das mit Zeitungspapier umwickelt war, und Beverly holte nach kurzem Kampf mit der Paketschnur ein Fernglas hervor. Es war dasselbe Modell, das sie sich vor ein paar Wochen bei Karstadt geklaut hatte.

– Das Spitzenmodell, sagte Sylvester.

– Na grazie.

– Und das hier ist von deinem Vater. Ich soll dir ausrichten, dass er es dieses Jahr leider nicht schafft.

– Ist ja ganz was Neues.

Beverly packte ein Buch aus, auf dessen Einband verschiedene Motive der polnischen Sagenwelt abgebildet waren: Dratewka gegen den Drachen, Wanda gegen den Drachen, der Drache gegen den Drachen (wohl die postmoderne Interpretation). Sie blätterte auf die letzte Seite und las den letzten Satz: *Der Himmel über Krakau funkelte infektiös wie der Backenzahn eines Orkas, alle Figuren des Romans waren gestorben.* Klasse, jetzt brauchte sie das Buch nicht mehr zu lesen.

Beverly schlug vor, einen Neujahrsspaziergang zu machen und beim Spätkauf ein paar von den Pfandflaschen abzugeben, die sich in der Abstellkammer türmten, wo sie ihrem Großvater das Gästezimmer einrichten wollte. Sylvester betrachtete die Etikette der Mineralwasserflaschen: *Reichenhall Medium, Stahlbrunn Still, Wolfendonner Spritz*. Es war eindeutig, all diese Mineralwassermarken klangen wie Wehrmachtsgeneräle. Alles von der Industrie beabsichtigt, erklärte Beverly. Im Grunde sei auch nicht Bier, sondern Mineralwasser das deutsche Nationalgetränk. Klar, farblos, aggressiv. Das exportiere sich erstaunlich gut, das europäische Umland lechze nach dieser Mischung.

Beverly nahm ihren Anorak in die eine und ihren Großvater in die andere Hand, kramte die Sturmmütze aus der Schublade und los ging's. Sie redeten über die Vergangenheit, die Gegenwart und die Zukunft und warfen Steine in den Kanal. Der Morgen war lau, und über ihnen rollte das betongraue Weltall.

– Und sonst?, fragte Sylvester, wie läuft's beruflich?

– Mal so, mal so.

– Was Brillantes in Planung?

– Nicht dass ich wüsste.

– Als ich die Skizzen an deinem Kühlschrank gesehen habe, hatte ich das Gefühl, du interessierst dich neuerdings für Pferde.

– Pferde? Was für Pferde? Ich weiß absolut nicht, wovon du redest.

– Ach nein?

– Keinen blassen Schimmer.

– Dann macht es dir ja nichts aus, wenn ich dir sage,

dass du zu spät kommst. Die Gäule, auf die du es abgesehen hast, sind eine Fälschung. Ich hab die echten schon 1959 mitgehen lassen.

– Ach ja? Und wo ist dann bitte das Original?

– Würde ich dir gerne zeigen, ist aber bei einem Sturm im Kaspischen Meer versunken.

– Das glaubst du doch selbst nicht!

– Und ob ich das glaube! Besorg dir ein Ticket nach Baku und kauf dir ’ne Taucherbrille, dann wirst du’s schon sehen.

Beverly begann, ihren Großvater zu schubsen.

– Rentner!

– Promenadenmischung!

– Stinkmorchel!

Die Beleidigungen schossen wie Pfeile durch die Luft.

– Terrorfürst!

– Canaille!

– Tourist!

Die Schimpfwörter wechselten wie Mittelstreckenraketen den Besitzer.

– Ach, klau doch, was du willst!

– Genau, das werde ich auch!

Das Gerangel begann wieder von vorne. Beverly machte einen Ausfallschritt und nahm ihren Großvater in den Schwitzkasten.

– Was muss ich mich überhaupt rechtfertigen!, rief Sylvester, ich hab schon Volksaufstände in Zentralasien angezettelt, da hatte Chruschtschow noch Pickel.

Beverly drückte fester zu.

– Na gut, na gut! Ich gebe es zu: Ich hab sie nicht gestohlen. Also viel Spaß dabei! Wird sicher ein Hit!

Sylvester strich seinen Trainingsanzug glatt, setzte sich auf die Bordsteinkante und winkte seine Enkelin zu sich heran.

– Ich bin übrigens auch an was Interessantem dran. Soll ich's dir erzählen?

– Klar, lass hören.

– Ich dachte, du könntest vielleicht mit ins Unternehmen einsteigen. Saftige Gewinne, so gut wie kein Risiko, Weltruhm.

– Und was wäre das bitte schön?

– Pandabären.

– Pandabären?

– Na sicher, da ist richtig Cash zu machen! Gibt nur 1500 Exemplare auf der Welt und die gehören alle dem chinesischen Staat. Selbst die Pandas in den europäischen Zoos sind ja nur geleast, Peking hat das Weltpandamonopol. So, und jetzt pass auf: In Chengdu steht eine Zuchtstation, da werden wir zuschlagen und ein paar Babypandas mitgehen lassen. Ich hab das schon alles ausgetüftelt, wird geil.

– Sag mal, bei dir brennt's wohl! Das sind doch keine Meerschweinchen, die du in 'nen Pappkarton stecken kannst. Das sind hochsensible Tierchen, die sind Luxus gewohnt, Logis und Kost mit allem Drum und Dran.

Sylvester schaute empört.

– Ich hör ja wohl nicht recht! Das Schicksal der Pandabären in Chengdu ist unerträglich. Die Aufseher befehlen ihnen, wann sie sich zu paaren haben und wann nicht. Weißt du, wie man das nennt? Sexsklaven nennt man das! Und Tag für Tag müssen sie diesen schrecklichen Bambus fressen. Eine Foltermethode, wenn du mich fragst. Was würde so ein Panda dafür geben, einmal in ein saftiges Stück Wiese zu beißen. Nachts liegen die Pandabären wach und träumen von knackigen Ahornzweigen! Nichts ersehnen sie mehr als den Geschmack von Kastanienblättern und wilden Johannisbeerbüschen. Am liebsten würden sie über ein Beet Französische Zierrosen herfallen! Glaub mir, ich hab das alles recherchiert.

Sylvester hatte seine Rede beendet und warf triumphierende Blicke durch die Gegend.

– Sylvester Kaczmarek!, sagte Beverly streng, mit den Chinesen ist nicht gut Kirschen essen. Mit denen ist nicht mal schlecht Kirschen essen, die essen überhaupt keine Kirschen, die knallen dich ab, wenn sie dich erwischen.

– Na umso besser, das ist doch mal erfrischend ehrlich! Nicht wie diese liberalen Demokratien, die du und dein Vater immer ausplündern. Also sag: Bist du dabei oder nicht? Den armen Bären hilft keiner außer uns! Schon gar nicht die Nullen vom WWF. Keinen Finger haben die bisher krumm gemacht. Schön daherreden können die. Und in der Mittagspause vegetarisch essen gehen. Mehr können die nicht. Die haben doch gar nicht die geistige Größe für einen radikalen Befreiungskampf!

– Ach was, sagte Beverly, darum geht's jetzt also?

– Exakt darum geht's!

– Und du nimmst keinen Cent dafür?

– Das eine schließt das andere ja nicht aus. Es gibt da übrigens einen rumänischen Investor, der uns großzügig finanziert. Ein privater Sammler, der sich nichts mehr wünscht als ein paar Exemplare für seinen Karpaten-Zoo! In seiner Obhut werden die Pandas aufblühen wie Gänseblümchen. Flieg doch morgen mit mir nach Bukarest und lerne unseren Förderer kennen. Ich bin mir sicher, ihr werdet euch super verstehen.

Beverly setzte ihr Zitronengesicht auf.

– Nein?

– Weißt du, Sylvester, ich muss jetzt einfach mal mein eigenes Ding durchziehen.

Am nächsten Morgen begleitete sie ihren Großvater nach Tegel und beobachtete von der Aussichtsplattform das Flugfeld. In der Januarsonne funkelten die Maschinen und pirschten sich auf undurchschaubaren Wegen Richtung Startbahn. Dort warteten sie kurz, dann erfolgte der Angriff auf die Lüfte. Vor dem Hangar nebenan lauerten bereits die nächsten Flugzeuge im Schatten, wie Panther kurz vor dem Sprung, Sprünge nach Bukarest, Peking, Kiew. Die nächste Maschine rollte auf die Startbahn, dann die übernächste. Beverly kniff die Augen zusammen, um das Flugzeug ihres Großvaters zu entdecken. Ciao, Sylvester, rief sie der Stratosphäre entgegen, du bist als Einziger wirklich in Ordnung.

M

Der Frühling ist ein Phänomen, das nur schwer zu erklären ist und selbst die berühmtesten Meteorologen vor Rätsel stellt. Der Winter dagegen bereitet selten Kopfzerbrechen. Der Winter ist zwar zweifelsfrei beschissen (das ist selbst in wissenschaftlichen Kreisen anerkannt), aber man kann präzise feststellen: Da ist er, der Winter! Und im Sommer sitzen die Meteorologen draußen vor ihrem Institut und sagen: Was für ein Sommer! Oder: Ich hab es dir ja schon gestern gesagt: Heute hat es 31 Grad! Aber dann kommt der Herbst, und der ist wieder eine unklare Angelegenheit. Den Herbst bekommen selbst die renommiertesten Wetterforscherinnen nicht zu fassen. Zuverlässige Herbst-Prognosen machen ungefähr so viel Sinn, wie dem betrunkenen Ex den Schlüssel fürs Cabrio auszuhändigen, also gar keinen. Es gibt nur eine Sache auf der Welt, die noch unzuverlässiger ist, eine Sache, von der man nichts wissen kann und von der sich nichts sagen lässt, und das ist der Frühling.

Auch Dragan Vidović hatte sich den Umstand zunutze gemacht, dass die Zeit zwischen Februar und April ein unberechenbares Phänomen ist, und wandte seine neueste meteorologische Erfindung an, die sogenannte *Frühlingskrise*. Ansonsten experimentierte er mit einem weiteren anarchistischen Projekt, dem von ihm entwickelten *Unabhängigen Berliner Erdbeben Vorwarner*. Mit dem U.B.E.V. wollte er Chaos unter den Bauspekulanten säen und das Wachstum der Immobilienbranche bremsen. Dragan konnte all dies tun, weil die *Operation Quadriga* für ein paar Wochen auf Eis lag. Zum einen war Beverly erst mal mit Recherchen zur Nationalgalerie beschäftigt, zum anderen fing sie sich im Laufe ihrer nächtlichen Observationen eine schwere Erkältung ein. Anstatt sofort das Bett zu hüten, lag sie weiterhin mit Fernglas und dünnem Anorak im Gebüsch herum, sodass alles noch viel schlimmer wurde und sie ab Mitte Januar komplett außer Gefecht gesetzt war.

Theoretisch liebte es Beverly ja, in Betten zu liegen, sie war Expertin im Langschlafen und Spezialistin im Liegenbleiben. Doch das ging zu weit. Nächtelang fieberte und fluchte sie vor sich hin. Als die Temperatur wieder sank, hatte sie sechs Kilo verloren. Zitternd lag sie unter der Decke und betrachtete die Fresken, die sie im Fieberwahn mit Filzstift an die Decke gemalt hatte. (Folgende Szenen waren zu sehen: 1. Jahrmarkt in Genua. Der Teufel hat sich unter die Schausteller gemischt. 2. Die Erzengel bekommen von Gott den Hintern versohlt. 3. Karneval der Katzen.) Die Heizung war seit einer Woche ausgefallen, und man hatte ihr das Internet abgedreht, weil sie die Rechnungen nicht bezahlt hatte. So konnte es nicht weitergehen. Sie zog sich den grauen Mohairpullover über den anderen grauen Mohairpullover, schmiss ihren Mohairschal um den Hals und schlich ins Treppenhaus. Gegenüber horchte sie an der Tür des Malers Giannopoulos, der lautstark vor sich hin schmetterte (– Ich traf dich in der Discotheque, la la la) und dabei rhythmisch Farbe auf die Leinwand kippte. Dann versuchte sie es ein Stockwerk tiefer. Beverly legte ihr Ohr an die Tür (es war mucksmäuschenstill), zog einen kleinen Draht aus der Tasche und knackte das Schloss in 1,5 Sekunden.

Klar, es war nicht besonders nett, bei seinen Nachbarn einzubrechen, das gehörte sich aus Prinzip nicht, doch immerhin war das ein echter Notfall. Sie schlich in die Küche, kramte ein paar Cracker und Teebeutel zusammen und suchte in den Schubladen nach Medikamenten. Dann fiel ihr Blick auf den Fernseher. Könnte man sich ja mal leasen, dachte sie. Klauen wäre schäbig, leasen wird in Ordnung gehen.

Zurück in ihrer Wohnung, schaute sie die tunesische Horror-Romanze *Monsieur Mausemaus* auf dem geleasten Fernseher und schaltete in der Werbepause weiter, um den lettischen 90er-Jahre-Schocker *Ein Psychopath & Gentleman* zu sehen. Darin ging es um einen Konzertpianisten, der bei einem Autounfall beide Hände verliert und stattdessen zwei Ambosse operiert bekommt. Danach sah sie die beiden DVD-Boxen durch, die sie ebenfalls aus der Nachbarswohnung geleast hatte, eine Box von Regielegende Dino Zanini (*Die Schummler*, *Triff mich in Milano*), eine von Arthouse-Gott Jiri Grigorev (*Die Juwelierin aus der Mumokgasse*, *Der Leopard von Prag*, *Hawlitschka & Herlinka*), und entschied sich schließlich für *Il gatto verde*, ein experimentelles Spätwerk Zaninis.

Die Story? Ichtaca, ein junger Indianer aus El Salvador, möchte zu großem Reichtum kommen, doch sein Vater ist dagegen. Er schlägt seinem Sohn stattdessen vor, ein guter Mensch zu werden. Ichtaca flieht mit seinem Freund Nagual, der so eine Art Medizinmann ist, aus dem Dorf, weil auch dessen Vater altmodische Ansichten zum Thema Reichtum hat. Zusammen bauen sie ein Floß an der Küste von Guatemala. Die beiden fahren über den Ozean und erleben auf den pazifischen Inseln interessante Dinge, wobei ihnen anfangs Schlechtes zustößt, dann aber viel Gutes. Bei einem Taifun haben sie sogar unerhörtes Glück. Kurz darauf erreichen sie die Küste Japans und werden aufgrund undurchsichtiger Immigrationsgesetze verhaftet. Die Todesstrafe droht. Doch in der Nacht vor der Hinrichtung putscht ein rechter General am Hof des nicht weniger rechten Tennos, und sie können fliehen. In einem längeren Monolog drückt Nagual seine Gefühle darüber aus und betont seine Zerrissenheit, seine Freiheit und sein Leben ausgerechnet der Ränkespiele nationalistischer Schergen zu verdanken. Die beiden finden Zuflucht am Hof des Maharadschas von Cooch Behar und schlagen sich als Musikanten durch. Es folgen lustige Szenen. Dann werden sie beim Klauen von Geld erwischt, und alles scheint verloren. Doch einige hinduistische Götter eilen ihnen zu Hilfe, sodass sie auf den Schwingen eines magischen Pferdes, das halb Elefant und halb Falke ist, nach Persien reisen. Sie verkleiden sich als Gelehrte und führen einige Kunststücke auf, die in El Salvador jedes Kind durchschaut, dem Schah jedoch völlig unbekannt sind, sodass er sie reich beschenkt und als Diplomaten in den Ural schickt. Nagual hat Heimweh und fordert seinen Freund auf, endlich wieder nach

Hause zurückzukehren, doch dieser ist so von Geld und Erfolg benebelt, dass er strikt ablehnt. Die beiden streiten sich fürchterlich. Im Rausch tötet Ichtaca seinen besten Freund. Dann umhüllt ihn Klarheit und er erkennt, was er getan hat und außerdem, dass wirklich nichts dagegen spricht, ein guter Mensch zu sein.

Ungefähr an dieser Stelle glitt Beverly dann die Fernbedienung aus der Hand (sodass sie das Grande Finale in Tscheljabinsk verpasste) und fiel in einen tiefen, herrlichen Schlaf, der 16 Stunden dauerte. Über, unter und vor ihrem Fenster tobte zur selben Zeit das Leben der Hauptstadt, Beverly merkte nichts davon. Im Planetarium an der Prenzlauer Allee blickte der Assistent Dreyfus aufgeregt durch das Sternenteleskop und rief den Professor herbei, er habe einen neuen Planeten entdeckt. Doch nur zwei Minuten später musste er geknickt zugeben, sich geirrt zu haben. Ebenfalls geirrt hatte sich der Friseur Chauchat in seinem Schöneberger Salon, als er seiner Stammkundin Liselotte Krunow zur Haarfarbe *Mauve* riet. Sie war eine dieser Tempelhofer Salondamen, die meist nur leicht bekleidet die Tür öffneten und die Nachmittage damit verbrachten, junge Bildhauer mit Kokain zu füttern. Währenddessen zerbrachen sich die Wissenschaftler im *Futurologischen Institut* in Schmargendorf die Köpfe: Alle Tiere der Welt waren gesichtet, sämtliche Ozeane befahren, das menschliche Gehirn war durchforscht, was konnte man jetzt noch beisteuern? Wo weitermachen?

Im Berliner Zoo wurde zur gleichen Zeit der Gavial Bruno vom Publikum arg in Beschlag genommen. Er war ganz zutraulich und auch sonst ein Prachtexemplar. Großer Rummel auch am Gendarmenmarkt: Zwei kenianische Tangotänzer versuchten den Weltrekord zu brechen und zweiundsiebzig Stunden durchzutanzen. In der Bülowstraße wurde schon letzte Woche der Rekord im Handstandstehen gebrochen. Die Slowenin Maja Kepic hielt es siebzehn Stunden aus, bevor sie ins Krankenhaus gebracht werden musste. Im Süden von Dahlem, dort wo die Armen reich sind und die Reichen noch reicher, wurden Europas größte Zwergkaninchen gezüchtet. Nur ein Züchter aus Papua-Neuguinea übertraf mit seiner Schachbrett-Riesenohr-Mischung die Dahlemer Kaninchen und holte sich den Weltmeistertitel.

Am Nordbahnhof stritten sich die Taxifahrer Sahedi und Radogan um einen dicken Fahrgast.

– Ich hab ihn zuerst gesehen!, schrie der eine.

– Ich war's!, der andere.

– Zum Flughafen!, brüllte der Dicke.

– Aber zu welchem?, fragte ein dritter Fahrer, der inzwischen ebenfalls mit seiner Taxe vorgefahren war.

In Pankow kam es dagegen zu folgender Szene: Der amtierende Berliner Tischtennismeister gab im Viertelfinale einfach auf, schlenderte ins Freie und kaufte sich in einer Eisdiele zwei Kugeln Zitrone in der Waffel. Vier Kilometer südlich davon stand Kommissar Ferenc Hotfilter auf seinem Balkon und kombinierte. Ohne es zu wissen, rauchte er die 125.000. Zigarette in seinem Leben.

Aber auch das Verbrechen schlief nicht, während Beverly krank im Bett lag. Die Grafikerin Petra Klapproth hatte aus Angst, bei einem Verkehrsunfall ums Leben zu kommen, die Wohnung seit zwei Jahren nicht verlassen. Doch plötzlich überfiel sie eine solche Sehnsucht nach Marzipanhörnchen, dass sie zum Bäcker ging, wo ihr prompt die Handtasche gestohlen wurde. Petra Klapproth störte sich nicht daran, sie hatte ihre Lust auf Marzipanhörnchen befriedigt und noch viel wichtiger: Sie hatte das Überqueren der Straße überlebt. Auf der anderen Seite der Kreuzung war Rolf Kersten, Kassenwart der Splitterpartei *Positives Deutschland*, schwer beschäftigt. *Alles soll bleiben wie es ist, nur besser* stand auf den Plakaten, die er gegen die Hauswände klebte. Der wirtschaftsliberale Flügel von *Positives Deutschland* hatte sich mit dem Spruch *Konservativ, aber anders* dagegen nicht durchsetzen können. Drei Straßen weiter speiste Panzergeneral Schubow im *Grand Hotel Imperial* mit Artilleriegeneral Zechlin. Flottenadmiral Strozzi fuhr Riesenrad und machte sich Gedanken über die Hauptstadt in Zeiten des Friedens. Innerlich rüstet jeder für den Krieg, aber für welchen? Strozzi schaute aus dem Fenster und fertigte eine Liste von Ländern an, denen Deutschland noch nie den Krieg erklärt hat:

Vietnam
Madagaskar
Chile

Ein paar Augenblicke später, jedoch Zehntausende Meter höher, sauste der chinesische Aufklärungssatellit Hum Bao über Steglitz, dicht gefolgt vom russischen Satelliten Petrow, der allein dem Zweck diente, Hum Bao aufzuklären. Der Linienflug Berlin-Miami kreuzte eine Schar Wildgänse. Auf der Spitze des Funkturms beobachtete der Wanderfalke José das Ganze und war ebenfalls bereit zu neuen Langstreckenflügen. José hatte seinen Namen einem Forschungsprojekt der Technischen Universität Tallinn zu verdanken, die mehrere der reiselustigen Vögel mit Peilsendern versehen hatte. In seinem Fall übernahm eine Austauschstudentin aus Salamanca die Patenschaft, die den Falken nach ihrem Urgroßvater benannte, der spitzen Nase wegen.

Die Aufseher der Haftanstalt Moabit spielten in der Schichtpause eine Partie Malefiz. Im Amtsgericht Neukölln trugen die Staatsanwältinnen Kronberger und Resch eine umkämpfte Partie Mühle aus. Dame spielten zwei Herren im Wilmersdorfer Süden. Polizeipräsident Schulz-Lamar verlor im Stadt-Land-Fluss gegen seinen Assistenten Dr. Guse. Schulz-Lamar, der schon früher als schlechter Verlierer in Erscheinung getreten war, verlieh seinem Unmut Ausdruck, indem er einen Bleistiftanspitzer gegen die Pinnwand in seinem Büro feuerte.

Doch nicht nur in Berlin flogen die Fetzen, auch in anderen Teilen Europas ging es an diesem Nachmittag hoch her. Während sich Beverly langsam auskurierte, fand in Norwegen turnusgemäß das Kaczmarek-Jahrestreffen statt, zu dem Familienmitglieder aus der ganzen Welt anreisten. Myrtle Kaczmarek mietete dafür eine Halle am Stadtrand von Oslo, in der sonst Schallplattenbörsen, Hochzeiten, Judoturniere und Kleintierschauen stattfanden, peppte das Ganze mit der passenden Deko auf, ließ eine Tallava-Band aus dem Kosovo einfliegen und servierte 180 Liter Wodka mit Gürkchen. Bei dieser Zusammenkunft wurden nicht nur die Mitglieder des Familienrates gewählt, es wurden auch jedes Jahr Preise und Auszeichnungen für besondere Leistungen vergeben. Floyd hatte bereits zweimal in der Kategorie *Diebstahl des Jahres* gewonnen, war aber dieses Jahr nicht bedacht worden. Tante Fanny war in der Kategorie *Equipment/Technik* nominiert sowie eine Cousine aus Tirana in der Sparte *Bestes Kostüm*. Yves und Billy waren nur für den Nachwuchspreis vorgeschlagen worden und hatten deswegen beleidigt abgesagt. Auch Floyd ließ sich wegen Terminschwierigkeiten entschuldigen. Wer dem Treffen jedoch jedes Jahr fernblieb, war Sylvester, der den Familienrat als korrupte Bande bezeichnete und kaum eine Gelegenheit ausließ, sich über die Preisverleihung lustig zu machen. Abgesehen davon hätte er sowieso keine Zeit gehabt, nach Oslo zu reisen, da er dringenden Geschäften nachgehen musste.

Sylvester Kaczmarek (geiler Schnurrbart, geile Koteletten, arktisweißer Adidas-Trainingsanzug in XS) lungerte im Hafen von Tschornomorsk zwischen den Docks herum und beobachtete die Gabelstapler, die zwischen den Containern Slalom fuhren. Er hatte die Hafenaufsicht geschmiert, die Zollbehörde, den Sicherheitsdienst, sogar dem Toilettenmann hatte er einen Zwanziger zugesteckt. Jetzt musste er nur noch den richtigen Container herausfischen, aber welcher war es? Sein Kontaktmann in Shenzhen hatte ihm die Seriennummer eines elfenbeinfarbenen COSCO-Containers geschickt, aber nicht erwähnt, dass ungefähr 300 von den Dingern im Hafen von Tschornomorsk zwischenlagerten. Sylvester schlich mit zusammengekniffenen Augen (er hatte seine Lesebrille im Wohnwagen liegen lassen) zwischen den Container-Gassen hin und her, legte hier und da sein Ohr an, klopfte gegen Containerstahl und schnüffelte wie ein verlotterter, völlig verzottelter 1000-jähriger Bernhardiner auf dem Hafengelände herum, bis er plötzlich eine Fährte witterte. Das war es: Kleintierstreu, ein Hauch Bambus, Hartplastik, Zierrosenaroma, Nitroglycerin.

Ungefähr zur gleichen Zeit, aber 2000 Kilometer weiter westlich, raste Floyd Kaczmarek (lange Mähne, langer Schnurrbart, wehender Schal und karibiktürkiser Adidas-Jogginganzug in XXL) auf einem E-Scooter durch die Innenstadt von Triest und spielte Katz-und-Maus mit Malfattis Schlägern und Bottesinis Schlägern und mit den Carabinieri. Malfatti, Pate von Barcola, war wegen der gezinkten Black-Jack-Runde wahnsinnig schlecht auf Floyd zu sprechen, Bottesini, Hotelier vom *Ambassador*, war wegen der geplatzten Schecks schlecht auf Floyd zu sprechen, und die Carabinieri waren gerufen worden, weil Floyd keinen Bock hatte, seinen Stracciatella-Becher im *Pipistrello* zu zahlen. Jetzt kurvten sie alle in immer enger werdenden Schleifen über die Piazza del Barbacan und die umliegenden Seitenstraßen und brüllten sich Unschönes ins Ohr, bis Floyd irgendwann auf die Idee kam, quer durch die Kathedrale abzukürzen, und sich aus dem Staub machte.

Yves und Billy verbrachten ihren Januar dagegen in Cascais, gingen im 15 Grad kalten Atlantik schwimmen, quatschten reichen Britinnen die Scheckhefte aus der Tasche und liefen jeden Nachmittag im *Jardim do Inferno* ein, wo sie über

Stunden hinweg Langusten und Bier bestellten und einen Contest daraus machten, die Kellner zu demütigen, allesamt portugiesische Söhnchen mit humanistischer Schulbildung, bis der Chef hart durchgriff und ihnen lebenslanges Lokalverbot erteilte. Beim Rausschmiss schnappte sich Billy noch eine Topfpflanze und warf sie ins Aquarium, in dem die Krustentiere mit zusammengeschnürten Scheren saßen und auf den Tod warteten. Dann spuckten sie auf den Boden und zogen ins *Grand Hotel Superior* ab, um da von nun an jeden Nachmittag herumzulungern, den Teppich vollzukrümeln und irgendwelche Lisbeths aus Southampton auszunehmen, bis der Schwindel irgendwann aufflog und sie mit einem Speedboat die Flatter machten. Nach einem Abstecher in Gibraltar (unrühmliche Anekdoten) und Ibiza-City (Stress, Verfolgungsjagd, andere unrühmliche Anekdoten) landeten sie im Yachthafen von Monte Carlo. Da ankerten sie erst mal und fielen kaum auf zwischen den ganzen anderen Verbrechern, die im Yachthafen von Monte Carlo herumlungerten oder sich direkt am Yachthafen opulente 7-Zimmer-Wohnungen gekauft hatten.

Beverlys Handy vibrierte, SMS von Yves:

– Na? Schon wieder damit beschäftigt, auf voller Linie zu versagen?

Antwort:

– Leck den Schorf von meinen Ellenbogen.

N

Es soll ja Leute geben, die werden als echte Sonnenscheinchen bezeichnet, als liebe Optimisten, Förderer der Wassermalfarbe, als Bürger erster Klasse, reiselustig, sozial, menschenfreundlich. Beverly nicht.

Gute Laune, das war einfach nicht ihr Style. Menschen nervten sie, Menschen waren das Problem, Menschen unterdrückten andere Menschen, Menschen waren schlecht angezogen, Menschen benahmen sich daneben, Menschen vernichteten alles um sie herum, Menschen waren das Allerletzte. Nur hin und wieder gab es mal jemanden, den sie ganz okay fand, mitunter sogar charmant, und für ein brauchbares Exemplar der Spezies hielt, auch wenn das wirklich selten vorkam, bei so circa 0,0000004 Prozent der Weltbevölkerung etwa, darunter ein 2,01 großer Mann mit roten Haaren, den sie den Tiger von Titograd rufen, den Zauberer, den alten Fuchs, den Wirbler und Drängler, den lustigen Hund, den Kaiser vom Südpol, den Blitz und den Donner, den sie den Radierer nennen, den großen Tümmler, den Säbelzahn von Montenegro, die galoppierende Rasierklinge, die Zündschnur Junior, den Sohn der Väter und Enkel der Großväter, den kleinen Tod, den dicken Kater, den sie in Zagoric bei der Passbehörde als Dragan Vidović eingetragen haben, genau den.

Nachdem Beverly drei Wochen das Bett gehütet hatte, war sie fast wieder auf den Beinen. Dragan kam vorbei und kochte ihr eine Buchstabensuppe, die (wie er nebenbei erwähnte) nach einem jahrhundertealten anarchistischen Familienrezept gebraut war. Und ja, wenn man sich in diese Suppe gelegt hätte, hätte man aufgrund des Salzgehaltes auf ihrer Oberfläche treiben müssen.

– Wie schmeckt's?, fragte Dragan.

– Tja, ich sag's mal so: Man muss die Welt genießen, wie sie ist.

– Was soll das heißen?

– Soll heißen: Wenn es heiß ist, soll man sich nicht über die Hitze ärgern, sondern ins Freibad gehen.

– Und was soll das heißen?

– Dass deine Suppe internormal schmeckt, wenn du's genau wissen willst. Internormal!

– Aha, verstehe! Wohl wieder gesund genug, um dumme Sprüche zu bringen! Dann wird's Zeit für die finale Medizin.

Dragan zog ein Fläschchen aus seinem marsgelben Anorak.

– Hustensaft gemischt mit sibirischem Leitungswasser gemischt mit Kaktussaft gemischt mit 9-Kräuter-Mischung gemischt mit diamantklarem Ethanol gemischt mit Himbeersirup.

– Warum Himbeersirup?

– Keine Ahnung, ich steh auf Himbeersirup. Bitte erheben Sie sich nun für die montenegrinische Nationalhymne!

Er goss zwei Gläser voll und schmiss sich in Pose. Dann rezitierte er:

– Bewunderung gebührt den Wühlmäusen von Mojkovac. Statt faul im Gebüsch zu liegen, nutzen sie jede Sonnenstunde, um Nahrung zu sammeln und sich für den Winter zu rüsten. Respekt muss man vor den Goldfischen im Skutarisee haben. Tag für Tag schwimmen sie ihre Runden, immer im Kreis, und beklagen sie sich über ihr Schicksal? Nein! Sie nehmen es hin wie aufrechte Fische! Nastrovje!

Dragan feuerte sich das Gemisch in den Rachen, schnappte sich Beverlys Glas und begann die Nationalhymne fortzuführen:

– Lob soll den Schnecken aus der Tara-Schlucht zuteilwerden. Nie lassen sie sich aus der Ruhe bringen von den hektischen Zeiten, in denen wir leben. Ein Beispiel soll man sich an den Marienkäfern im Prokletije-Park nehmen: Sind sie doch allerorts beliebt und für ihre Freundlichkeit bekannt. Ein Hoch auf die Familie der Quallen, die Boten der Adria! Zarte Geschöpfe sind sie und zu Unrecht für ihre Giftigkeit getadelt, nichts ersehnen sie mehr als ein Leben in Frieden und Freiheit –

Beverly riss ihm das Glas aus der Hand.

– Lass mich ja mit Quallen in Ruhe! Hast du gehört! Kein Wort mehr! Und jetzt runter mit dem Gebräu!

Nach dem Schnaps tranken sie einen Schnaps. Dann noch einen Schnaps und danach wieder Schnaps. Während sie immer betrunkener wurden, debattierten sie die Nachteile der chinesischen Kalaschnikow-Kopie *Typ 56*, die Vorteile von kaltgepresstem Kürbiskernöl zum Anbraten junger

Noblesse-Kartoffeln und die Unfähigkeit des Staates Kanada, einen vernünftigen Badestrand zur Verfügung zu stellen. Schließlich fiel das Thema auf die gastronomischen Leistungen der Stadt, in der sie lebten: Während sich Beverly beklagte, dass es in Berlin nach 23 Uhr unmöglich sei, ein Restaurant zu besuchen, was gerade im internationalen Vergleich lächerlich wäre, während sie sich immer mehr in Rage redete, von einem zum nächsten kam, von den Restaurants zu den Imbissbuden, von den Imbissbuden zu den Eisdielen, und nach und nach die komplette Lebensqualität der Hauptstadt infrage stellte, wollte Dragan da nicht mitmachen. Dragan war jemand, der Dinge mochte. Der z. B. sagte: Ich mag die Zukunft, die Vergangenheit und die Gegenwart mag ich auch. Er mochte die Stadt, in der er lebte.

Er mochte, dass die Royal Air Force und die U.S. Air Force und die Artillerie der Roten Armee großzügig Straßenzüge freigelegt hatten, sodass man wunderbar unverbaute Sonnenuntergänge miterleben konnte. Dass das Leitungswasser zart wie frisch gepflückte Gänseblümchen schmeckte. Dass es aufgrund des gigantischen Bürokratieapparats nahezu unmöglich war, zügig/vollständig/überhaupt verknackt zu werden (Hier beißt sich die Boa Constrictor selbst in den Schwanz, Zitat Vidović). Und dass es eine Banditin aus Polen gab, die durch die Straßen lief und auf den Asphalt spuckte, die sie den Ozelot von Warschau nennen, die schwarze Spinne, die geile Brille, die Machete von Opole, den Nebel und die Zange, die von Freunden und guten Bekannten mit ihrem Nom de Guerre *Sense Kaczmarek* gerufen wird, genau die.

Noch später tauschten sie sich über den anarchistischen Modellstaat aus, an dem Dragan in der Theorie herumdokterte.

– Warum bauen die Menschen Gartenzäune? Weil sie Angst haben, man könnte sie bestehlen. Dumme Angst!

– Aber, sagte Beverly, es ist wahr! Es gibt Leute die andere bestehlen, weil sie die Dinge haben wollen, die nicht ihnen gehören.

– Wenn aber allen alles gehören würde, sagte Dragan, dann kann man auch gar nichts mehr stehlen. So einfach wäre das.

– Die Frage ist doch nur, ob es dann keine Diebe gibt oder ob dann alle Diebe sind.

– Das sind die Worte einer Konteranarchistin! Ich wittere Hochverrat!

– Tranquille, wir sehen uns an der dänisch-österreichischen Grenze!

Dann kippte Dragan besoffen vom Stuhl und rollte auf dem Küchenboden herum. Beverly verpasste ihm ein paar Backpfeifen und mixte ihm einen kleinen Wachmacher (diesmal nach alter Kaczmarek-Tradition).

Rezept:
Eine handelsübliche Porzellantasse zur Hälfte mit Kaffeepulver befüllen. Mit warmem Leitungswasser bis zum Rand aufgießen. Einen Beutel schwarzen Tee reinhängen. Acht Minuten ziehen lassen. Mit Zitrone und Tabasco abschmecken. Voilà!

Sofort kam Dragan wieder in eine überragende körperliche Verfassung. Er trommelte sich auf der Brust herum und verlangte Schokolade und Rotwein. Erst zum Frühstück gab es wieder Wasser.

– Sag mal, was ist eigentlich passiert letzte Nacht?

– Nichts, worüber wir sprechen sollten.

Dragan stieg auf den Tisch, um seine Socken zu holen, die an die Decke genagelt waren.

– Also ich geh dann mal.

– Genau, ciao.

Und Gheorghe Poljakov? Was war in der Zwischenzeit mit Gheorghe Poljakov passiert? Die moldawische Geheimwaffe der Wasserbetriebe saß noch immer in den Katakomben und kritzelte Notizen auf Servietten und Klopapier. Der Klempner war nun seit drei Wochen ununterbrochen im CKQ und hatte nicht das geringste Interesse, es je wieder zu verlassen. Er war glücklich. Serge Vanderschooten hatte veranlasst, ihn auf einem fein dosierten Acid Trip zu halten, was erstaunlich gut klappte. Anfangs hatte Poljakov noch ein paarmal mit den Wasserbetrieben telefoniert und wirres Zeug geredet. Er hatte abwegige Theorien zur Geschichte der Kanalisation vorgetragen und Geld für weitere Recherchen gefordert. Der Abteilungsleiter tobte, wie mit seinem Spesenkonto umgesprungen würde, aber Poljakov redete so überzeugend davon, einer gewaltigen Wasserverschwörung auf der Spur zu sein, dass ihm weitere Mittel bewilligt wurden. Doch inzwischen hatte Poljakov vergessen, jemals für die Wasserbetriebe gearbeitet zu haben. Er lief durch die Tunnel des CKQ und horchte an den Wänden. Poljakov, der noch nie ein Buch gelesen hatte, hatte angefangen, ein umfangreiches Werk über die unterirdischen Wasserströme zu schreiben.

O

Die Direktorin der Alten Nationalgalerie hieß Isabelle Marquardt und war eine Frau von knappen 1 Meter 57. Die meisten ihrer Konkurrenten rätselten, wie sie es in ihre Position geschafft hatte, eine Position, die mit Macht erworben und mit Macht verteidigt werden musste, denn Marquardt war eine auffallend korrekte Kuratorin, fair, freundlich, objektiv – und das war wirklich niemand im Kunstbetrieb. Trotz aller Intrigen konnte sie auf eine lange Karriere zurückblicken, eine Karriere, die gerade ihren Höhepunkt erlebte, auch wenn der ein oder andere Feuilletonist bereits munkelte, ihre ästhetische Wahrnehmung hätte an Schärfe verloren und sie würde so langsam anfangen zu spinnen.

Die Direktorin stand in Gedanken versunken am Fenster und sagte leise, aber bestimmt:

– Sebastian, ich sehe ein Gewitter am Horizont.

– Wo?, fragte ihr Lebensgefährte, 57, Zahnarzt.

– Da, ein Gewitter.

– Aber wo denn?

– Am Horizont.

– Da ist kein Gewitter.

– Eben deswegen, sagte die Direktorin und wandte sich ab. In letzter Zeit sah Isabelle Marquardt überall Gewitter, ihr Lebensgefährte vermutete, es liege an den Nerven. Saßen sie beispielsweise auf der Veranda ihrer Zehlendorfer Villa beim Frühstück, kam es vor, dass sie ganz plötzlich rief:

– Na bitte, ein Gewitter am Horizont.

Dass der Mai gerade glasklar über das Firmament fegte, war ihr dabei ganz egal. Oder wenn sie im Hallenbad in der Umkleide stand, hielt sie inne und murmelte:

– Ach, ein Gewitter, das ist ja interessant.

Im Januar war es ihr dann auch während eines Meetings passiert.

– Brennecke, sagte sie zu ihrem kaufmännischen Vizedirektor, ich glaube, ich sehe ein Gewitter am Horizont!

Brennecke schaute eine Minute schweigend aus dem Fenster, bevor er sagte:

– Ich bin mir sicher: Im Januar kann es keine Gewitter geben. Das ist wissenschaftlich überprüft.

– Aber wenn es doch da ist!

Da beschloss der Vizedirektor die Sache abzunicken und bestätigte das Gewitter ebenfalls zu sehen, sogar sehr deutlich, und dann brachte er der Direktorin eine Tasse Hagebuttentee. Brenneckes Vertragsverlängerung stand unmittelbar bevor, da wollte er keinen Streit über das Wetter anzetteln. Noch am selben Tag verschickte er eine Mail an alle Angestellten des Museums, in der stand, sie sollen sich davor hüten, der Direktorin bei ihren Wetterprognosen zu widersprechen. Nur dem Bauleiter der Restaurationsfirma vergaß man Bescheid zu geben, als er seinen Abschlussbericht vorlegen musste.

– Haben Sie auch die Dachfenster überprüfen lassen? Ständig regnet es rein.

– Ja, alles in bester Ordnung.

– Das meinen Sie! Ich für meinen Teil sehe ein Gewitter am Horizont!

– Entschuldigung, aber da ist kein Gewitter.

– Selbstverständlich, da ist es doch, rief die Direktorin und deutete nach draußen.

Das Tragische war, dass Isabelle Marquardt recht hatte. Denn in diesem Moment lief eine junge Frau, die Frisur korallengleich zum Himmel geschraubt, über den Vorplatz des Museums.

Beverly steuerte zielstrebig den Informationsschalter in der Eingangshalle an und schmiss eine Visitenkarte mit dem Aufdruck *Kontratak Cashgroup Insurance* auf den Tresen.

– Guter Mann, sagen Sie mir doch bitte: Sind Sie geschützt gegen Feuer, Wasser und Diebstahl? Interesse an noch nie da gewesenen Konditionen? Welches Sicherheitssystem benutzen Sie? Aha, verstehe, Sie dürfen darüber nicht mit mir sprechen! Dann geben Sie mir doch mal die Nummer der Pressestelle.

Beverly spazierte weiter durch die Gänge, ihre Turnschuhe (Adidas Samba, Größe 39 1/3, mausgrau) federten über den geschliffenen Steinboden. Riesige Landschaftsgemälde, gemalt von toten Männern zur Linken, Zeichnungen von toten Männern zur Rechten. Im ersten Stock: Schlachtengemälde toter Männer, ein paar Porträts toter Frauen, noch mehr Porträts toter Männer.

Was Beverly an der Nationalgalerie mochte, war die Tatsache, dass es immer gut roch. Dass die Fenster groß waren, sodass man exzellente Sonnenuntergänge miterleben konnte. Sie mochte die gut eingestellte Raumtemperatur. Man konnte allein sein, ohne sich einsam zu fühlen. Das alles war toll. Was Beverly an der Nationalgalerie weniger verstand, war die Kunst. Doch als sie Alejandro Ciccarellis Gemälde *Am Ende der Welt* erreichte, war ihr auf der Stelle klar, warum es Maximow darauf abgesehen hatte. Böse und einschüchternd hing es wie ein Schatten an der Wand und schien bereits auf sie zu warten.

Ciccarelli musste auf einem Hügel gestanden haben, als er das Bild gemalt hatte, einem Hügel an der Küste, unter dem man den Hafen und die Bucht von Valparaíso sehen konnte. Dutzende Schiffe schienen fluchtartig die Stadt zu verlassen. Schiffe überfüllt mit Menschen, Schiffe, die mit voller Fahrt auf den Südpazifik zusteuerten. Einige der Masten und Segel brannten, Matrosen versuchten, sich mit einem Sprung in die Wellen zu retten, um es lieber mit den Haifischen aufzunehmen. Auch im Hafen von Valparaíso brannten die Häuser. Menschen, die zwischen den Flammen knieten, beteten und blickten zum Himmel. Andere lagen zwischen den einstürzenden Gebäuden und fielen übereinander her. Etwas Grausames schien hier vor sich zu gehen, ein unsichtbarer Schrecken wütete in den Gassen. Beverly trat ein paar Schritte zurück, um das Gemälde besser betrachten zu können, aber auch so ließ sich keine Erklärung für die Flucht der Bewohner finden. Keine Flotte beschoss die Stadt, kein fremdes Heer rückte in den Straßen vor. Wenn man das Gemälde zum ersten Mal sah, konnte man denken, die Einwohner würden vor dem Brand der Stadt fliehen. Doch beim zweiten Blick stellte man fest, dass das nicht stimmte. Warum brannten auch die Schiffe? Warum brannte der Leuchtturm weit außerhalb der Bucht? Und warum regierte der Wahnsinn in den Straßen?

Beverly ging in die Cafeteria und trank eine Zitronenlimonade. Das kam also dabei heraus, wenn man sich mit Kunst beschäftigte: Horror, Paranoia, Verblendung. Schluss damit. Jetzt war es an der Zeit, sich einen Plan auszudenken. Sie machte ein paar Notizen und zückte ein Maßband, um die Breite der Cafeteria-Fenster abzumessen. Hinter der Kaffeemaschine versteckt, beobachtete Museumsdirektorin Marquardt die Szene und wischte sich mit dem Saum ihres Seidenkostüms die Schweißperlen von der Stirn. Gleich morgen, schwor sie sich, würde sie die Sicherheitsvorkehrungen drastisch erhöhen lassen.

Am Abend schmierte sich Beverly ein paar Brote, belegte sie mit sämtlichen Dingen, die sie in ihrem Kühlschrank fand (Gruyère, Appenzeller, Wassermelone, schwarze Oliven, grüne Oliven, Tilsiter, Birne, Gartenkresse, Erdnussbutter, verschiedene Sorten Allgäuer, Radieschen), stapelte das Ganze zu einem fünfstöckigen Tower und ging dann kauend in der Wohnung auf und ab, während sie mit Dragan telefonierte.

– Wie war's im Museum?

– Langweilig, sehr langweilig, extrem langweilig, langweilig, aber auch langweilig.

– Und wie geht's jetzt weiter?

– Keine Ahnung, überleg ich mir noch.

Dann kramte sie Stift und Schreibblock heraus, schmiss sich aufs Bett, warf die Stirn in Denkerfalten und begann mit der Liste.

1. Einen Tunnel graben. Hat schon ein oder zwei Mal geklappt, könnte auch diesmal klappen.
2. Mit einem Hubschrauber auf dem Dach landen. (Gut, und wer fliegt den?)
3. Sprengstoff. Jede Menge Sprengstoff.
4. Die Nachtwächter erschießen. (Muss das sein?)
5. Vielleicht doch besser Betäubungspfeile verwenden. Gegebenenfalls von Pfeilgiftfröschen.
6. Erpressung mit expliziten Fotos.
7. Erpressung allgemein.
8. Die Abrichtung verschiedener Tiere, je nach Talent (eine Siamkatze maunzt und kratzt mit ihren süßen Pfötchen am Lieferanteneingang, ein überdurchschnittlich intelligenter Iltis lenkt die restliche Wachmannschaft ab, eine Elster mit Zirkus-Background klaut den Schlüssel für den Hintereingang, Stechmücken sorgen für Chaos und die Übertragung ansteckender Krankheiten, eine Nebelkrähe wirft Kieselsteinchen gegen die Toilettenfenster usw. usf.).
9. Heiratsschwindel (dürfte allerdings Monate dauern, es sei denn, man hat überhaupt keine Skrupel und ist eine absolute Granate im Bett).
10. Versicherungsbetrug.
11. Irgendwas mit Internet.
12. Die systematische, über Monate exakt ausbalancierte psychologische Terrorisierung der Wachmannschaft.
13. Die gute alte Korruption.

14. Sonstige Seilschaften, etwa während des Jurastudiums in Cambridge geknüpft (schwierig, wenn man nicht in Cambridge war und Jura nur aus Kontexten kennt, in denen man verklagt wird).
15. Gezielte, aber letztlich doch unkontrollierte Gewalt, gerichtet gegen den hierarchischen Anführer der Wachmannschaft, mit dem Ziel der Einschüchterung und vollständigen Kapitulation des übrigen Wachvolks.
16. Schach.
17. Die Errechnung mathematischer Wahrscheinlichkeiten und die Unterwerfung der Realität unter diese.
18. Die Unterwerfung der Realität um jeden Preis, egal wo, egal wie.
19. Die Prager Methode.
20. Die kroatische Rochade.
21. Die Kopenhagen-Kombination.
22. Aufgeben, einfach aufgeben, nichts klauen, nach Hause gehen, mit irgendwem schlafen, mit irgendwem wohnen, sein Leben und seine Hoffnungen, alle Gefühle und Regungen, sein Glück und seine Arbeitskraft in den Rachen eines mittelständischen Unternehmens oder multinationalen Konzerns werfen, Rente, sterben.
23. Einen Militärputsch anzetteln (Nicaragua-Kniff).
24. Intrige mit Briefen.
25. Die musikalische Variante (Kraft der Musik).
26. Mentale Konzentration.
27. Minimalismus.
28. Maximalismus.
29. Zum Fenster rein, zum Fenster raus.

Klar, Nummer 29 war es natürlich, ein absoluter Klassiker. Zeitsparend, humorlos, effizient. Beverly federte unter die Dusche und fühlte sich schwer in Form. Dann kramte sie ihre Sturmmaske aus der Schublade und holte ihre Handschuhe aus dem Schrank. Noch in derselben Nacht ging sie zum Angriff über. Der Einbruch in die Nationalgalerie gestaltete sich erschreckend einfach (verwendete Hilfsmittel: Panzertape, Sicherheitsnadeln, Olivenöl). In Kürze gelang der Diebstahl (Schraubenzieher, Schnürsenkel, Nussschokolade). Und selbst die Flucht stellte kein Problem dar (U6, U1, Einzelfahrtticket).

Dragan konnte natürlich nicht fassen, dass es so einfach ging und war mächtig angefressen. Wie ein sibirischer Tiger lief er im *Kartenspiel International* auf und ab und löcherte Beverly zu den Details des Coups. Die gab sich betont lässig und ließ ihn zappeln.

– Aber wie zur Hölle hast du das jetzt angestellt? Raus mit der Sprache!

– Ach, du denkst da viel zu eng, du hast den völlig falschen Blickwinkel. Betrachte das Ganze mal aus der Vogelperspektive! Oder so vom Weltraum aus. Von einem interstellaren Standpunkt etwa! Vom Mars zum Beispiel. Wie würdest du da in die Nationalgalerie einbrechen. Na?

– Na ja, also –

– So muss man denken! Nicht so kleinbürgerlich, deutsch, kleinkariert, wie du immer planst.

– Hey, sagte Dragan, mach mal langsam! Wollen wir jetzt endlich rumknutschen?

– Dann fang halt an.

P

Monogamie und ernsthafte Verhältnisse waren Dinge, die Beverly nicht besonders interessierten. Das war nichts für sie. Trotzdem hatte sie ein Herz, das sie mit anderen teilte: Am Samstagnachmittag, wenn sie zu Karstadt ging und in der Zooabteilung die Kaninchen mit Sonnenblumenkernen fütterte. Am Sonntagmorgen, wenn sie durch die leeren Kreuzberger Straßen lief und mit den Obdachlosen quatschte. Oder am Montagabend, wenn sie im Hallenbad am Spreewaldplatz den großen Kindern Ohrfeigen gab, weil die die kleinen Kinder geohrfeigt hatten. So gesehen war das Herz Beverlys trainiertester Muskel, ein Gepard im Galopp.

Und dennoch, ihre Beziehungen zu Männern waren enttäuschend und am Ende immer nervig gewesen. Sylvester fragte sie hin und wieder, ob sie *jemanden* kennengelernt hätte, im Internet oder sonst wo, ob sie vielleicht auf irrationale und völlig übertriebene Art in einen *anständigen Panzerschrankknacker* verliebt sei, aber sie hatte weder Lust mit ihrem Großvater im Detail darüber zu sprechen noch etwas Spannendes zu berichten. Zuletzt hatte Sylvester sie aus Odessa angerufen und gesagt, dass ihm die Sache jetzt vollkommen klar sei, dass sie vermutlich einfach auf Frauen stehen würde, schließlich wäre das ja auch eine Möglichkeit und seiner Meinung nach ganz modern. Beverly hatte kurz überlegt und gesagt, sie würde gleich zurückrufen. Dann hatte sie sich einen doppelten Wodka Sprite eingeschenkt und sich auf die Couch gelegt. Und, nachdem sie gründlich darüber nachgedacht und einige Lesben-Pornos im Internet angeschaut hatte, wieder angerufen und gesagt, dass das irgendwie nichts für sie sei, aber mal darüber nachzudenken, wäre schon interessant gewesen (von den Lesben-Pornos sagte sie nichts).

– Gut, sagte Sylvester, schon okay.

– Sogar mehr als das, sagte Beverly, sogar sehr okay.

Denn was hätte sie ihrem Großvater sonst sagen sollen? Etwa die Wahrheit? Dass Liebe eine völlig offensichtliche Konstruktion war, ein konsumförderndes Narrativ, erfunden vom militärisch-nachrichtendienstlichen Komplex in Washington/Langley in Kooperation mit dem religiös-spirituellen Komplex in Rom/Riad in Kooperation mit dem totalitär-materialistischen Komplex in Peking/Shenzhen, um die Leute bei der Stange zu halten? Dass Liebe nichts weiter war als die Erfindung aalglatter Produzenten in Hollywood und Bollywood und dem Hongkonger Studiokomplex und der Kairoer Seifenoperindustrie und Produktionsfirmen abgehalfterter Ex-Nouvelle-Vague-Großmäuler, die in Pariser Hinterhöfen ihre Machenschaften spannen und teuflisch gut vernetzt waren, zusammengekleistert und rund um die Uhr auf allen verfügbaren Kanälen gesendet wie ein geiles, brandneues Produkt, das es zu verkaufen galt? Hätte Beverly ihrem Großvater wirklich sagen sollen, dass es bei dieser globalen Hirnwäsche um nichts anderes ging als um Wirtschaftswachstum, um den Erhalt staatlicher Machtstrukturen, um den Erhalt von Familienhierarchien, um Sedierung und Besänftigung. Um eine gigantische Ablenkung von der lächerlichen Tristesse menschlichen Daseins, von der Tatsache, dass das Leben nichts weiter war als die zufällige Abfolge von Gewalt, Abhängigkeit, Unterdrückung, Sinnlosigkeit, Sex, Einsamkeit, früher oder später eintretenden Organversagens, Autoaggression, allgegenwärtiger Vernichtung aller natürlichen Ressourcen, Tod, Leere, Sex, endloser Wiederholung totaler kosmischer Willkür, völlig wahllosem Sex mit irgendwem, Dummheit, Schmerz, Verblendung, immerhin hin und wieder Sex, sowie Frustration und Enttäuschung, wenn man ansatzweise die Dimension des Ganzen umrissen hatte.

Aber hey, was soll's, manchmal ist einem das halt trotzdem egal, manchmal geschieht etwas, das man nicht kommen sieht, das einfach passiert, das irrational und unwahrscheinlich ist. Und in Beverlys Fall passierte das genau zwei Tage nach ihrem Telefonat mit Sylvester, entweder aus Zufall oder aus Trotz, das lässt sich schwer sagen.

Wilde Küsse im Treppenhaus, im Wohnungsflur, noch wildere in Sofanähe. Dann kurze Pause.

– Hey, Kaczmarek, vielleicht wäre es besser, wenn wir nicht miteinander schlafen.

– Das sagst du doch nur, damit ich auf jeden Fall mit dir schlafe.

Er überlegte einen Moment.

– Ja, wahrscheinlich.

Dann lagen sie schon im Bett und konnten die Pfoten nicht voneinander lassen. Liegt wahrscheinlich an der Nase, dachte Beverly, die fand ich schon immer stark. Und mit diesem Typen, der eine wirklich starke Nase hatte, aber auch starke Ansichten zum Nordirland-Konflikt und zu Mohair-Kaninchen (die fand er gut), und der, wie Sylvester gesagt hätte, auch ein *anständiger Panzerschrankknacker* war, mit diesem Typen, der Dragan Vidović hieß, verbrachte sie von nun an den einen oder anderen Abend im *Kartenspiel International*, wo sie durch die Kissen turnten, gegeneinander Backgammon spielten und es die Regel war, dass Beverly nie über Nacht blieb.

– Willst du wirklich nicht hier pennen?

– Nein, warum sollte ich?

– Ach, ich dachte, es wäre vielleicht nett.

Die Tatsache, dass Beverly nie über Nacht bleiben wollte, hatte ihn anfangs gewundert, dann irritiert und schließlich gestört, aber er war zu stolz, sie noch einmal darauf anzusprechen, und er versuchte, auf coole, irgendwie antonionifilmhafte Art mit der Situation umzugehen.

– Hast du eigentlich viele Liebhaber vor mir gehabt?

– Hunderttausend.

– Wirklich so viele?

– Nein.

– Ach so.

Das hatte er nun davon.

– Wirklich hunderttausend?

– Ich sagte doch schon: nein.

– Ach so. Dann ist ja gut.

Dragan Vidović ließ zwar gerne den großen Macker raushängen, vor allem wenn er mit seinen Kollegen am Tresen des *International Kartenspiel* saß, war aber in Wahrheit in Liebesfragen völlig verkorkst. Das hatte historische Gründe: Den ersten Kontakt mit dem andersseitigen Geschlecht hatte er mit 13 Jahren gehabt. Sie, offenbar kusswillig, rückte näher. Er, nervös, aber nicht uninteressiert, legte die Hand auf ihr Knie. Doch dann ging alles katastrophal schief. Zu seinem Kumpel Ivica (ebenfalls 13, ebenfalls nicht uninteressiert) sagte er damals, dass er mit dem Thema Küssen endgültig durch sei und nichts mehr davon wissen wolle:

– Es ist, wie wenn man durch einen See schwimmt, dessen Grund man nicht sehen kann. Man weiß einfach nicht, was da unten lauert.

Lange hielt sich Dragan allerdings nicht an sein Gelübde, denn irgendwann wurde er 14 und mit 14 ist bekanntlich alles anders.

Dragans erste Freundin hieß Roxana und in die war er so richtig verschossen. Sie hatte blaue oder grüne oder braune Augen und Körbchengröße A oder Körbchengröße B oder Körbchengröße C, das konnte er im Nachhinein nicht mehr so genau sagen. Was er aber noch genau wusste, war, dass sie ihm nach drei Wochen auf brutalste Weise das Herz brach, als sie mit Nikola Blagojevic hinter dem Werkzeugschuppen verschwand und später drei Kinder von Nikola Blagojevic' älterem Bruder Sead Blagojevic bekam, bis dieser starb und sie mit einem Lackierermeister nach Nischni Nowogorod durchbrannte. So nahm das Unheil seinen Lauf. Es folgten Pleiten, es folgte Pech, es folgten Pannen. Und die hielten an, bis er eine gewisse Beverly Kaczmarek kennenlernte. Aber klar, Streit gab's auch mit ihr (wie soll man das auch vermeiden), meistens aus den üblichen Gründen:

Dragan wollte quatschen, Beverly ihre Ruhe.

– Was liest'n da?

– 'n Buch.

– Aha. Und wer hat das Buch geschrieben?

– Irgendein tschechischer Exilant in Buenos Aires.

– Und wie heißt der?

– Was weiß ich, wie der heißt, die heißen doch alle gleich. Vielleicht ist es auch ein Slowake in Mar del Plata.

– Kann's sein, dass du nicht mit mir reden willst?

– Bingo.

Beverly wollte schmusen, Dragan schlafen.

– Bock auf Schmusen?

– Nein.

– Bock auf Knutschen?

– Nicht jetzt.

– Bock, mit mir zu machen, was du willst?

– Später.

– Bock, mit 'nem Umschnalldildo gefickt zu werden?

– Herrgott, Bev, lass mich pennen.

Oder beim Abendessen.

– Willst du noch grüne Bohnen?

– Nein.

– Was heißt hier »nein«? Du solltest echt mal deine feindselige Haltung überdenken.

Die meiste Zeit vertrugen sie sich aber und tüftelten den ganzen März an den Details von *Operation Q* herum. Dragan hatte ein Treffen mit Maximow in die Wege geleitet, das aber erst in ein paar Tagen stattfinden würde, und Beverly machte überfällige Besorgungen, wobei folgende Gegenstände auf ihrer Liste standen:

Eine Heckenschere
50 Meter Blitzableiterdraht
Ein Starkstromgenerator
Verbindungsklemmen
3.000 Tischtennisbälle
Neutrales Briefpapier
Unregistrierte SIM-Karten
Brechstangen
Feuerwehrstiefel in Größe 39

Nachdem Beverly den gesamten Montag mit Recherchen im Baumarkt verbracht hatte, überredete Dragan sie, in die Spätvorstellung ins Mirage zu gehen. Einerseits weil Montag Kinotag war, andererseits weil er fand, dass ihr etwas Ablenkung guttun würde. Doch zuerst stritten sie sich, welcher Film es sein sollte.

Beverly hatte Lust auf die indische Komödie *Kamaraj Terminal*, in der es um einen Piloten mit Flugangst ging. Dragan wollte unbedingt den mexikanischen Sci-Fi-Streifen El *Año* 2526 sehen und versuchte, es ihr mit der Inhaltsangabe schmackhaft zu machen.

– Texas im Jahr 2526: Der Großteil der Bevölkerung ist homosexuell. Die heterosexuelle Minderheit wird von Rednecks mit Pick-ups und Schrotflinten durch die Wüste gejagt, denn auf Heterosexualität steht die Todesstrafe.

– Brauchst gar nicht weiterzulesen, sagte Beverly und zeigte auf das Filmplakat daneben, ich glaube, der ist es!

Und der war es dann auch.

Die etwa dreistündige Handlung von *Meanwhile in Moscow* kreiste um die Zollbeamtin Madison Sobotka, die im Orlando der 60er-Jahre einem internationalen Papageienschmugglerring auf der Spur ist und nach und nach auf ein riesiges Komplott stößt, in das höchste diplomatische Kreise verwickelt sind. Die Kubakrise scheint nur eine Inszenierung zu sein, um von einem Skandal im Weißen Haus abzulenken. Möglicherweise steht der Präsident mit der russischen Telekommunikationsindustrie im Bunde, mindestens aber mit Abtreibungsbefürwortern. Pikantes Detail: Tollkirschen-Konsum im Oval Office. Sobotkas private Ermittlungen führen sie über Caracas und Montserrat nach Agadir, doch am Ende stirbt die Zollbeamtin ohne die Gewissheit, recht zu haben, in einem algerischen Irrenhaus.

Das Ende des Films bekam Dragan nicht mehr mit, weil er eingeschlafen war, und Beverly konnte ihm auch nicht alle Storyschlenker erzählen, weil sie mehrmals den Kinosaal verlassen hatte, um diverse Getränke zu kaufen. Als sie nach Hause liefen, schwieg sie den ganzen Weg und kickte Kieselsteine durch die Gegend.

– Was ist eigentlich los?

– Nichts, sagte Beverly, ich denke nur nach.

– Spielen wir noch eine Runde Backgammon?

– Nein, keine Zeit. Hab noch extrem viel zu tun.

– Jetzt? Es ist vier Uhr nachts.

– Ja, ich weiß, aber mir ist grad was Wichtiges eingefallen.

Beverly saß im U-Bahnhof Leopoldplatz und wartete auf die erste Bahn. Um sie herum befanden sich ausnahmslos Menschen, die es vorzogen, sehr spät wach zu sein oder sehr früh aufzustehen. Die Ausgestoßenen und die Fleißbienchen, die Unglücklichen und Ruhelosen, die Schuldner und Spinner, die Kunden der Nacht. Beverly betrachtete die Ohr-, Nasen- und Lippenringe, sie besah sich die Bärte, die Brillen und die anderen Dinge, die sich die Männer und Frauen ins Gesicht hängen, um einander zu gefallen. Neben ihr hatte sich eine Frau gesetzt, in deren Gesicht nichts hing, außer ein paar dicken Tränen und mehrere Schichten Schminke, die sie mit ihrem Ärmel gleichmäßig verschmierte. Ein Obdachloser schlingerte über den Bahnsteig und wollte seine Zeitungen loswerden, keiner beachtete ihn.

– So ist es auch mit Zweierbeziehungen im emotionalen Kapitalismus, schluchzte die Frau mit den verweinten Augen, die will keiner mehr haben.

Während ihr Beverly ein Taschentuch reichte, kam der Obdachlose auch an ihrer Bank vorbei. Die Frau sah ihn giftig an und scheuchte ihn fort.

– So fühlt sich das an!, rief sie ihm hinterher, während der Wind der einfahrenden Bahn über ihren Mittelscheitel pfiff.

Q

Gegen Abend klingelte das Telefon. Nach ein paar Sekunden legte sie wieder auf. Man würde sie noch mal anrufen, aber nicht in ihrer Wohnung. Beverlys Haar wehte im Wind, ihr Regencape flatterte über den Columbiadamm, kleingeistiger Regen fiel vom Himmel. Sie schaltete in den siebten Gang und ließ die Autos links und rechts liegen. Kurze Diskussion mit dem Polizisten auf der Kreuzung:

– Sie fahren zu schnell.

– Nein.

Weiter ging es Richtung Westen. Blonde Taxen rasten über die Yorckstraße. Der Nieselregen beschwerte Haare und Hose, die Reifen des Rennrades kreuzten durch den Feierabendverkehr. Später ein kurzer Anruf von einer Telefonzelle in Schöneberg:

– Wo ist der Treffpunkt? Okay. Verstehe.

Es hatte aufgehört zu regnen. Der Pullover hing Beverly schwer auf den Schultern und fühlte sich an wie ein Kettenhemd. Sie sollte weiter zum Preußenpark fahren und dort auf einen von Carlo Mancinis Bussen warten.

Das illegale Busunternehmen *Mancini Blue* operierte im Untergrund und galt als preiswerte Alternative zu den Verkehrsbetrieben. Offizielle Haltestellen gab es nicht, aber man konnte in der App die aktuellen Routen einsehen und die Busse per Handzeichen anhalten. Dann sprang man hinein und rief dem Fahrer zu, wo man wieder aussteigen wolle. Doch der Busfahrer, der Beverly am Preußenpark einsammelte, wusste ganz genau, wo sie hinwollte. Nach 15 Minuten Zickzackkurs stoppte der dunkelblaue Kastenwagen, sie waren am Ziel. Beverly hüpfte aus dem Ladebereich, sie befanden sich bereits in den Tunneln von Berlin. Der Fahrer führte sie einen schmalen Weg entlang, unter ihren Füßen rauschte die Kanalisation. Dann ging es noch ein Stockwerk tiefer, und sie erreichten ein verlassenes U-Bahn-Gleis. Im Schein von Industrielampen standen Tische und Campingstühle. Auf einem davon saß Dragan und nestelte an der Innenseite seines Anoraks herum. Der Fahrer quatschte in ein Funkgerät, und fünf Minuten später kam ein einzelner U-Bahn-Wagen auf das Gleis gefahren. Sie stiegen ein und fuhren eine Weile, bevor der Wagen auf offener Strecke hielt und sie zu Fuß weiter mussten. Dann bogen sie in einen weiteren Schacht und klopften an eine dicke Stahltür.

– Wäre das nicht einfacher gegangen?, rief Dragan.

– Sagt nur, es hat euch keinen Spaß gemacht?

Boy Maximow und Serge Vanderschooten saßen auf einer karierten Couchgarnitur und schlürften Grapefruit-Margaritas. Man hatte sie direkt unter das CKQ geführt.

– Wie ich sehe, haben Sie mein Gemälde nicht dabei. Dürfte ich fragen, wo es ist?

– Na klar, sagte Beverly, es liegt sicher bei mir unter der Matratze.

– Sie verstoßen gegen unsere Abmachung!

– Keine Sorge! Sie kriegen es schon!, schaltete sich Dragan ein. Erst müssen wir uns über ein paar technische Details unterhalten.

Serge Vanderschooten war aufgesprungen und hatte sich vor Dragan aufgebaut.

– Bevor wir das Bild nicht haben, unterhalten wir uns über gar nichts! Ist das klar?

– Keine Ahnung, ob das klar ist!

– Ach nein?

– Nein! Was ist dein Sternzeichen? Pfeife?

Bei seinen letzten Worten hatte Dragan mit dem Zeigefinger gegen Serges Brust getippt, doch bevor der eine handfeste Antwort formulieren konnte, ging Maximow dazwischen.

– Ich muss mich schon wundern, Herr Vidović! Wenn Sie sich nicht an unsere Verabredungen halten, warum sollte ich es tun?

– Sie werden es rechtzeitig bekommen, keine Sorge.

– Ist das alles, was Sie mir zu sagen haben?

Serge Vanderschooten knackte mit den Knöcheln und schaute zu Maximow. Maximow fixierte Beverly. Beverly schaute zu Dragan. Der zuckte mit den Augenbrauen und machte irgendeine Geste, die sie nicht verstand.

– Was muss man eigentlich tun, um hier einen anständigen Margarita zu bekommen, fragte Beverly, vorher verdursten?

Auf dem Tisch war die Karte des Berliner Untergrunds ausgebreitet, eine Kombination des U-Bahn-, Atomschutzbunker- und Abwassersystems, gespickt mit von Hand eingezeichneten Abzweigungen und Eingängen. Dragan und Serge, die sich nach wie vor feindselig belauerten, feilschten um jedes Detail.

– Und wie soll der Wagen durch *den* winzigen Tunnel passen?

– Moment, sagte Serge, welcher Wagen überhaupt? Bisher war immer nur von irgendwelchen Pferdestatuen die Rede, und jetzt wollen Sie auch noch einen Wagen da durchbekommen?

– Na sicher wollen wir auch den Wagen! Ist doch klar!

– Und wie soll der aussehen?

– Ist so ein Gespann mit Dame.

– Aha, die Dame wollen Sie wohl auch noch haben! Was denn noch alles?

– Selbstverständlich wollen wir die Dame haben. Außerdem hat die noch so einen Stecken in der Hand.

– Einen Stecken?

– So eine Art Speer.

– Was denn für ein Speer?

– Quasi eine Lanze.

– Haben Sie die mal ausgemessen? Wie wollen Sie denn den Wagen plus Lanze durch den Tunnel bekommen?

Dragan zeigte auf die Karte.

– Wie wäre es denn mit dem hier? Ist zwar ein Umweg, dafür ist die Deckenhöhe 3,60.

– Wäre es nicht einfacher, den Stab abzusägen?

Kurzer Seitenblick zu Beverly, vehementes Kopfschütteln.

– Kommt überhaupt nicht infrage!

– Verstehe. Und was ist mit den Pferden?

– Was soll sein?

– Müssen es wirklich alle sein? Reicht es nicht, ein oder zwei mitzunehmen?

– Sie wollen mich gerade ärgern, oder?

– Nein, ich will nur zu einer Lösung finden!

– Sie wollen mich auf die Palme bringen, oder?

– Im Gegenteil. Ich versuche hier konstruktiv zu sein. Wäre es wirklich so schlimm, ein Pferd aus Platzgründen wegzulassen?

– Das wäre nicht nur schlimm, das wäre katastrophal!

– Sehen Sie es mal so: Drei Pferde sind besser als gar kein Pferd!

– Ja, aber vier Pferde sind besser als drei Pferde.

– Vier Pferde passen halt nicht durch den Tunnel.

– Sie wiederholen sich!

– Geben Sie sich mit zwei Pferden zufrieden, das ist die Realität!

– Ach, jetzt sind es auf einmal nur noch zwei Pferde?

– Werden Sie mal nicht raffgierig! Zwei Pferde reichen voll und ganz!

– Wieso nicht nur eins? Nehmen wir doch nur eines mit! Wen interessiert das schon!

Dragan fegte die Karte vom Tisch, Serge sprang von seinem Stuhl auf. Allgemeine Hektik, Gerangel. Serge schubste Dragan und Dragan schubste Maximow. Dann schubste Maximow zurück und Dragan fiel auf Serge, der ihn mit zu Boden riss.

Was spürten die Männer in diesem Augenblick?

1. Dragan überkamen verschiedenste Gefühle: Zorn, Wut, Unsicherheit, Neugierde, Zweifel allgemeiner

Art, Zweifel spezifischer Art, Übermut, Langeweile, Trotz, Müdigkeit.

2. In Maximow wogten diverse Zustände: Verachtung, Hass, Milde, toxischer Ehrgeiz, Abgelenktheit, Unnachgiebigkeit, Rache, Ausgeglichenheit, Vergesslichkeit.
3. Und auch Serge Vanderschootens Augen verrieten nur einen Bruchteil dessen, was auf ihrer Rückseite vor sich ging: Eiserner Wille, Gleichgültigkeit, Todessehnsucht, Angespanntheit, Unmut, Vorsicht und Begierde gaben sich die Klinke in die Hand.

Und während all das passierte, saß Beverly einfach da und beobachtete, wie das Chaos seinen Lauf nahm. Sie hatte die letzten Minuten auf die Pläne und technischen Zeichnungen gestarrt, die Blaupausen und Geheimtunnel, und versucht, sich alles bis auf den Millimeter einzuprägen. Zwischen der U5 und der U2, das hatte Maximow erwähnt, gab es einen versteckten Verbindungstunnel, das war ihr Einstieg. Dann ging es weiter über den Kreuzungsbahnhof Stadtmitte nach Norden über die Tunnel der U6, die mehrere Geisterbahnhöfe auf ihrer alten Streckenführung hatte. Parallel dazu verlief ein Spionagetunnel unterhalb des ehemaligen Grenzverlaufs und verband die U6 mit den bereits gebohrten, aber noch nicht fertiggestellten Schächten der Linien U10 und U11. Der Tunnel der U10 endete in Pankow, das würde ihr Ausstieg sein.

Und während sich Beverly diese Route einprägte und immer wieder in Gedanken abfuhr, steuerte das Gerangel um sie herum seinem Höhepunkt entgegen. Arme, Beine, Notizzettel, zusammen- und auseinandergerollte Karten, Frisuren und Ohrläppchen hingen wie in Zeitlupe in der Luft. Und für den kurzen Augenblick, in dem diese Wolke aus Fleisch und Papier in der Luft hing, wusste Beverly, was zu tun war. Für den Bruchteil einer Sekunde konnte sie in die Zukunft sehen, konnte den Ursprung der Welt schmecken, den Rauch der Hölle riechen, konnte hören, wie der Schall des Urknalls von den Wänden zurückgeworfen wurde.

R

Es ist unbestritten: Die Nase ist der vorderste Punkt des Gesichtes. Selbst Menschen mit einem riesigen Kinn haben eine noch größere Nase. Die Nase dominiert das Gesicht, sie teilt alles Weitere ein und sie ragt unter den Dingen hervor. Ferenc Hotfilter hatte eine wunderbare Nase. Der Kommissar hatte sie vermutlich seiner Mutter zu verdanken, die wiederum ihrer Mutter, die sie dem Krämer aus dem Nachbarort (Bálint Tacács, genannt Róka) zu verdanken hatte, der in Wirklichkeit ihr Vater war. Ferenc Hotfilter hatte recht durchschnittliche Augen und passable Ohren, aber auf seine Nase war Verlass. Auf seine Nase als Ermittler hatte er immer vertrauen können. Bis jetzt. Der Polizeipräsident hatte ihn zu sich ins Büro bestellt und ohne Zweifel würde er zugeben müssen, dass ihm die Ermittlungen außer Kontrolle geraten waren.

Schulz-Lamar saß an seinem Schreibtisch und war übellaunig drauf, noch schlimmer als an jedem anderen Dienstag des Jahres. Vor ihm türmten sich Akten zu Mittelgebirgen, eine Landschaft aus Papier und Spiralheftern, durchpflügt von Lochern und Espressotassen, die ihre kreisrunden, toxischen Abdrücke in das Eichenholz der Schreibtischplatte brannten. Der Polizeipräsident kommandierte Drohungen ins Telefon, während er seine Wut an unschuldigen Bleistiftspitzern ausließ. Dann knallte er den Hörer auf und ließ seine Assistenten aufmarschieren. Kreidebleich erschienen Sekretär Wuhl und Kriminalrat Dr. Guse. Ersterer hatte etwas Obst dabei, vor allem Mandarinen, denn die Erfahrung hatte gezeigt, dass Mandarinen den Boss beruhigten. (Er zerquetschte dann eine nach der anderen in der Hand, was ihm ein Gefühl von Ruhe und Zuversicht gab.) Einmal hatte Wuhl jedoch einen ganzen Korb unreifer, nahezu steinharter Bio-Mandarinen aus Litauen hereingebracht, und Schulz-Lamar schaffte es nicht, eine einzige zu zerquetschen. Daraufhin wurde er noch viel ungehaltener, schnappte sich den Brieföffner und hackte so lange auf die Mandarinen ein, bis alle von oben bis unten mit Mandarinensaft und Fruchtfleischstückchen bedeckt waren. Abschließend stellte er Wuhl die Kosten für die Anzugreinigung und die zerstörte Schreibtischplatte in Rechnung.

Dr. Guse war sich sicher, dass es auch an der neuen feldsalatgrünen Wandfarbe lag, die das Polizeipräsidentenbüro seit Kurzem in ein Biotop aus Zorn und Hass verwandelt hatte. Unter Einsatz ihres Lebens versuchten sie seitdem, Schulz-Lamar zu überzeugen, die Wandfarbe wieder in ein sanftes Himbeerrot, meinetwegen auch Apfelsinengelb zu ändern. Das Manöver war natürlich riskant, doch Dr. Guse war ein Meister darin, seinem Chef die Dinge so zu verkaufen, dass er am Ende dachte, die Idee wäre von Anfang an seine gewesen. Doch dazu mussten sie erst mal diesen Tag überstehen.

– Etwas Obst, Boss?

Wuhl hatte persönlich dafür gesorgt, dass nur überreife, saftige Mandarinen aus dem Mittelmeerraum ausgewählt wurden. Zusätzlich hatte er vorsorglich feine Risse in die Mandarinenhaut geschnitten, damit auch wirklich gar nichts schiefgehen konnte. Dr. Guse hielt ein Handtuch bereit.

– Vielleicht eine kleine Mandarine, Chef?

– Was soll ich denn jetzt mit Obst!, bellte Schulz-Lamar hinter seinem Schreibtisch hervor und zündete sich eine Zigarre an.

– Tja, so ein oder zwei Vitamine, wir dachten eben –

– Nichts dachtet ihr! Gar nichts! Und jetzt holt mir Ferenc Hotfilter rein, ich will Ergebnisse in dieser Museumssache sehen!

Seit Beverlys Bruch in der Nationalgalerie waren zwei Wochen vergangen, und nach erfolglosen Ermittlungen in alle Richtungen hatte man letztendlich Direktorin Isabelle Marquardt persönlich für den Diebstahl verantwortlich gemacht. Obwohl sie keinerlei Motiv hatte, gab es durchaus Indizien, die gegen sie sprachen (man fand ein Stück Nussschokolade in ihrer Schreibtischschublade, genau wie in einer Bodenritze unterhalb des gestohlenen Gemäldes). Marquardt wurde zwar nach wenigen Tagen wieder aus der Untersuchungshaft entlassen (was auch daran lag, dass Schulz-Lamar seine Kronen in der Praxis von Marquardts Lebensgefährten machen ließ), doch die ganze Sache war nach wie vor widersprüchlich. Aus Sicht des Polizeipräsidenten war jedoch eines klar: Die wirklich Schuldigen an dem Desaster waren die Europol-Bürokratie und Ferenc

Hotfilter mit seinen liberalen Ermittlungsmethoden. Der ungarische Kommissar stand in Schulz-Lamars Büro und hörte sich die Vorwürfe gegen ihn stumm an. Hotfilter wünschte sich insgeheim, in Kommission F zu sein. Kommission F war ebenfalls für Kunstdiebstähle im europäischen Raum zuständig und hatte fast immer Erfolg. (Die Kollegen bearbeiten gerade einen nicht weniger interessanten Fall: Eine belgische Schmugglerbande hatte einen alten Nazi-Schatz auf dem Grund des Wannsees gehoben und versuchte nun, die einzelnen Teile gewinnbringend an Liebhaber alter Nazi-Schätze zu verscherbeln.) Kommission F ermittelte sauber und griff scharf zu. Ach, wäre er doch nur in Kommission F!

– Ferenc! Träumen Sie?

– Bitte?

– Erzählen Sie endlich, was Sie herausgefunden haben!

Hotfilter hatte sich gründlich überlegt, was er nun sagen würde. Das Schwierige war nur, Schulz-Lamar die Sache zu verkaufen, denn seine Theorie hatte es in sich: Der Einbruch in der Nationalgalerie erinnerte ihn an einen alten Fall, der 40 Jahre her war. Bei den damaligen Vorfällen hatte er einen Elektromechaniker aus der Krakauer Barrakudastraße, einen gewissen Sylvester Kaczmarek im Verdacht gehabt, konnte ihm aber nie etwas nachweisen, geschweige denn eine Verhaftung erwirken. Für Hotfilter war Sylvester Kaczmarek der Mann ohne Nase, ein Kerl ohne Ohren, ein Mensch, der ohne Zähne auskommt. Sylvester Kaczmarek war ein Phantom. Auch wenn ihn jeder zu kennen schien, fiel es allen schwer, sein Gesicht zu beschreiben. Außergewöhnlich nannten es die meisten, ohne das

Außergewöhnliche beschreiben zu können. Die einen redeten von dunkler Haut, die anderen bescheinigten ihm einen strohblonden Bürstenschnitt, wieder andere sprachen von Korkenzieherlocken. Ob seine Augen grau oder grün seien, darauf konnte sich keiner einigen. Die einen sagten blau, die anderen braun, aber jeder war sich seiner Sache sicher. Hotfilter besaß zwei Fotos, die Sylvester Kaczmarek zeigten, jeweils am Rande einer Gruppe stehend, gelangweilt eine Zigarette zwischen den Schneidezähnen, jeweils die linke Hand in die Tasche gesenkt. Leider hatten die beiden Männer auf den Fotos nicht die geringste Gemeinsamkeit. Außer der Tatsache, dass sie mehrere Menschen eindeutig als Sylvester Kaczmarek identifizierten. Und auch am 15. März vor 40 Jahren, an dem Sylvester durch die Straßen von Moskau lief und den Stock kreisen ließ, sich nach dem Wetter und der Uhrzeit erkundigte, einem Milizionär auf dem Arbat Feuer gab und sich ein Ticket fürs Taganka-Theater kaufte, selbst an diesem Tag war sich niemand sicher, wer dieser Mann eigentlich war, wie er aussah und ob er überhaupt ein Gesicht hatte. Sicher war nur, dass an diesem Märzabend der eleganteste und gemeinste Kunstdiebstahl durchgeführt wurde, den die elegante und gemeine Stadt an der Moskwa je erlebt hat. Der Kunsthändler Chertkowski wollte gegen sechs Uhr abends seine Büroräume zusperren, als ihm ein ungeöffneter Brief auf seinem Schreibtisch auffiel, den er den ganzen Tag übersehen haben musste. Als er die eleganten und gemeinen Zeilen las, stürmte bereits ein Großaufgebot der Kriminalmiliz das Treppenhaus. Am anderen Ende der Stadt öffnete der Kurator Simonow zur selben Zeit die Fenster des Museums für Sachlichkeit und stellte fest, dass jemand mit dem Finger auf die Scheiben geschrieben hatte. Simonow zückte seine getigerte Hornbrille, um die Buchstaben zu entziffern, als ihm bereits Kriminalinspektor Fjodorow von hinten auf die Schulter tippte. Drei weiteren Galeristen, Kuratoren und Museumsdirektoren ging es nicht anders an diesem Abend. Sie alle wurden verhaftet und beschuldigt, auf gemeine und elegante Weise ihre eigenen Museen, Galerien und Geschäftspartner bestohlen und um Kunstwerke im Wert von mehreren Millionen Rubel erleichtert zu haben. Die Aufregung war groß, das Politbüro tobte, die Angeklagten bestritten, etwas damit zu tun zu haben, doch die Beweise waren seltsam stimmig und die Richter griffen hart durch. Nur die gestohlenen Werke blieben verschwunden. Genau wie Sylvester Kaczmarek, der nie wieder auf den Straßen Moskaus gesehen wurde, was aber nicht weiter auffiel, da sowieso niemand mit Sicherheit sagen konnte, ob er je da gewesen war.

– Und? Was soll mir diese kleine Geschichte jetzt sagen, Ferenc?

– Vielleicht verrät sie ja auch die Lösung unseres Falls.

– Ferenc, ich frage Sie das in aller Ruhe.

Schulz-Lamar holte tief Luft und brüllte:

– Sind Sie denn völlig wahnsinnig geworden?

Ohne es zu merken, hatte sich der Polizeipräsident eine Mandarine geschnappt und anakondagleich zugedrückt.

– Ich frage Sie nach den neuesten Ergebnissen im Fall Nationalgalerie, und Sie tischen mir eine 40 Jahre alte Geschichte auf. Spinnen Sie jetzt komplett?

– Nun, für mich sind die Parallelen unübersehbar.

Schulz-Lamar griff nach der nächsten Mandarine.

– Aber um Sie zu beruhigen: Ich habe auch einen sehr viel konkreteren Verdacht, was den Fall Nationalgalerie angeht.

– Warum sagen Sie das denn nicht gleich? Schießen Sie los!

– Der Mann, den ich damals verdächtigt habe, dieser Sylvester Kaczmarek, hat eine Enkelin, die nicht weniger gefährlich ist. Meiner Meinung nach ist bei beiden dasselbe Muster erkennbar. Eine Technik, die ich als futuristisch beschreiben würde.

Schulz-Lamars Kopf lief rot an.

– Ferenc, haben Sie gerade wirklich futuristisch gesagt?

– Wie auch immer, ich vermute schon länger, dass diese Frau in eine Reihe von Einbrüchen verstrickt ist, so auch im Fall Nationalgalerie. Ich kann es nur noch nicht beweisen.

– Und warum sind wir dann noch nicht an ihr dran?

– Das sind wir.

– Wo liegt dann das Problem, Ferenc? Verhaften wir sie!

– Das würde ich ehrlich gesagt ungern tun. Ich hatte mir erhofft, durch sie an Maximow ranzukommen.

– Verdammt, Ferenc! Das ist doch ein alter Hut! Vergessen Sie Maximow, das führt zu nichts.

– Geben Sie mir noch eine Woche.

– Ich gebe Ihnen einen Tag. Dann will ich diese Enkelin hier haben!

Schulz-Lamar blies den Rauch seiner Zigarre durch beide Nasenlöcher, sodass er für einen Moment wie ein Drache aussah oder wenigstens wie jemand, der seine Zigarre auf Lunge raucht.

– Nun, sagte Ferenc Hotfilter, vielleicht muss ich meine

vorherige Aussage etwas präzisieren. Wir sind zwar seit Längerem an ihr dran, haben sie aber seit Kurzem wieder verloren. Vorübergehend.

Kriminalrat Dr. Guse setzte sich im Nebenzimmer seine Noise-Cancelling-Kopfhörer auf.

Am nächsten Morgen hielt die Berliner Polizei eine Pressekonferenz ab. Anlass war die inzwischen von der Presse ausgerufene *Museumskrise*. Nach mehreren unverschämten Nachfragen schnappte sich der Polizeipräsident das Mikrofon und begann die Journalisten zusammenzufalten:

– Ein für alle Mal: Wir haben keine Krise und es gibt auch keine Krise! Wir hatten noch nie eine und es ist auch keine in Sicht! Wir haben keine historische Krise, wir haben keine ermittlerische Krise, wir haben auch keine strategische Krise. Es ist überhaupt unpolizeilich, eine Krise zu haben! Das können Sie gerne so drucken! Drucken Sie das!

Die Presse druckte es nicht, sondern spitzte die sogenannte *Museumskrise* weiter zu. Dragan lachte sich schlapp und rekelte sich im Schlafanzug auf dem Sofa, wo er Beverly aus der Zeitung vorlas. Die Schlagzeilen überschlugen sich:

Alarm in der Hauptstadt! Krise weitet sich aus!
Das Phantom schlägt wieder zu! Kein Ende in Sicht!
Polizei tappt im Dunkeln! Ist unsere Kunst sicher?
Die Natter von Neukölln immer noch auf freiem Fuß!

– Schau, sagte Dragan und reichte Beverly die Zeitung, seit Neuestem bist du die Natter von Neukölln!

– Wieso denn Neukölln? Das ist doch total schlecht recherchiert!

– Was wäre dir denn lieber? Die Kobra von Kreuzberg?

– Klar. Immer noch besser als der Python vom Prenzlauer Berg.

– Gut, das ist wahr.

Nach drei weiteren Sonderausgaben hatte die Presse die *Museumskrise* schließlich zur sogenannten *Museumsjahrhundertkrise* hochgeschrieben und machte damit die Museumsdirektoren so nervös, dass sie den Großteil ihres Etats in neue Sicherheitssysteme investierten. So stockte die Neue Nationalgalerie ihr ohnehin militärisch geschultes Sicherheitspersonal mit einer Schäferhundstaffel auf, die bereits durch mehrere Antiterroreinsätze gestählt war. In der Gemäldegalerie setzte man dagegen auf die modernste Technik der Verbrechensverhinderung. Lichtschranken, biochemische Sensoren, Bewegungsmelder am Boden, den Wänden und auf dem Dach. Die Direktorin des Kupferstichmuseums, die 69-jährige Hannelore Neufeldt, belegte Kurse in Karate. Sie hatte noch nie einem Sicherheitsdienst getraut und patrouillierte nachts persönlich durch ihr Museum. Ihr Vizedirektor übernahm die Tagschichten und ließ es sich nicht nehmen, die Hosentaschen der Besucher stichprobenartig zu durchsuchen. Das Museum für Fotografie hatte da schon längst auf einen ausführlichen Sicherheitscheck (Metalldetektor, Angaben zur politischen Gesinnung etc.) umgestellt. Direktor T. W. Haselstrauch war zu diesem Zeitpunkt schon wegen eines mittleren Herzinfarktes in die Charité eingeliefert worden, von wo er sich täglich nach dem Stand der Dinge erkundigte und schriftliche Dossiers über die neuesten Maßnahmen anfertigen ließ. Professor Feldberg vom Assyrischen Museum lag wegen eines akuten Nervenleidens eine Station tiefer und quetschte ihn jeden Nachmittag in der Krankenhaus-Cafeteria über die neuesten Sicherheitsstandards aus. Direktor Larson vom Kennedy-Museum war auf unbestimmte Zeit beurlaubt worden, genau wie Direktorin Traublein vom Vorderasiatischen Kunstinstitut, da sie sich geweigert hatte, die Ausstellungsräume überhaupt noch für Besucher zu öffnen. Währenddessen rückten Polizei und Feuerwehr zu insgesamt zwölf Fehlalarmen aus, wovon sieben vom neuartigen Dachsensor-System der Gemäldegalerie verursacht wurden, vermutlich durch Tauben, die auf dem Dach nisteten. Über ihnen kreiste der Wanderfalke José und beobachtete das Treiben, bevor er wieder Richtung Kreuzberg abdrehte, wo Beverly Kaczmarek auf der Matratze lag und eine Nachricht ihres Vaters las. *Bin am Freitag in Berlin. Können wir uns treffen? Ist wichtig. Floyd.*

S

Es war Mitte April, der Himmel war betongrau und in Charlottenburg stand der 4. *Internationale Kongress für Kriminologie* vor seiner Eröffnung. Man wartete gespannt auf den Auftritt der frankokanadischen Wissenschaftlerin Prof. Dr. Adele Kolonko.

Kolonko war nicht nur als feministische Soziologin und Kulturtheoretikerin bekannt, sondern hatte auch einen Lehrstuhl für Angewandte Kriminologie an der Universität Ottawa inne. Nach ihrer Promotion über den Strafbegriff in der Weimarer Republik, hatte sie als Assistentin an der Universität Lund das Buch *Die Biochemie des Verbrechens* veröffentlicht. Für ein wissenschaftliches Werk erreichte es einen enormen Umsatz, sodass eine zweite und dritte Auflage herauskam und zahlreiche Übersetzungen folgten. Einige warfen ihr vor, sie würde in ihrem Buch fahrlässig verallgemeinern, doch jedem Außenstehenden war klar, dass diese Kritik vor allem durch Neid und Missgunst motiviert war, denn für ihre größtenteils männlichen Kollegen war es schlicht unerträglich, dass eine Frau, die auch noch viel jünger war als sie selbst, mühelos an ihnen vorbeizog. Ihre wenigen Kolleginnen bezeichneten sie dagegen als Pseudofeministin, Das Biest, Erfolgsfeministin oder Kuckucksfeministin, zum einen, weil es womöglich stimmte, zum anderen, weil sie es nicht ertragen konnten, dass es ausgerechnet Kolonko an die Spitze geschafft hatte. Ihre Karriere erreichte einen vorläufigen Höhepunkt, als sie mit nur 33 Jahren die bis dato jüngste Professorin am Kriminologischen Institut in Reykjavík wurde. Fünf Jahre später wurde sie nach Turin berufen und nach weiteren Stationen in Brisbane und Yokohama kehrte sie in ihre Heimat zurück und baute in Ottawa das weltweit größte Forschungszentrum für Angewandte Kriminologie auf.

Und nun, Anfang April, als Kolonko zum 4. *Internationalen Kongress für Kriminologie* nach Berlin reiste, war es bereits im Vorfeld zu Unruhen in der Szene gekommen. Kolonko arbeitete momentan an einem Standardwerk, welches das doppelte Y-Chromosom behandelte, ein Thema, das vor Jahrzehnten als Sackgasse eingestuft und längst als historisch angesehen wurde. Das sogenannte XYY-Syndrom, auch als XYY-Trisomie, Jacobs-Syndrom, Diplo-Y-Syndrom, YY-Syndrom oder Polysomie Y bezeichnet, wurde vor allem in den 60er-Jahren ausführlich diskutiert. Die ganze Sache ging so weit, dass in manchen Kreisen gefordert wurde, Männer mit doppeltem Y-Chromosom behördlich registrieren zu lassen, ganz nach dem Motto: X-Chromosom: Geil. Y-Chromosom: Stress, Tod, Ärger. Doch die Kampagne hatte bald ein Ende, man bewies Gegenteiliges und die XYY-Theorie wurde als kalter Kaffee angesehen. Dann kam Kolonko und leuchtete die Hypothesen mithilfe ihres Forschungszentrums aufs Neue durch, verschob die

Perspektive und brachte konkrete Ergebnisse aufs Papier. Ergebnisse, die nicht jedem gefallen konnten. Kolonko war klar, dass sie hiermit die kriminologische Kriegserklärung unterzeichnete.

Sie hatte Anfang des Jahres ein Essay im *Kriminologischen Journal* veröffentlicht, das erste Erkenntnisse andeutete und Größeres in Aussicht stellte. Die Zeitschrift, die in Wien verlegt wurde, diente vor allem in österreichischen Fachkreisen als entscheidende Lektüre, um auf dem Laufenden zu bleiben, war aber auch über die Grenzen des deutschsprachigen Raumes bekannt. Und so hatte das Essay unter anderem die Lehrstühle in Prag, Brüssel und Tel Aviv gehörig durcheinandergewirbelt. Der Lehrstuhl in Prag war schockiert, Brüssel entsetzt und Professor Liebermann in Tel Aviv amüsiert bis empört. Man sah sich persönlich angegriffen, mehr noch, verletzt. Ein jahrzehntelanger Richtungsstreit in der kriminologischen Soziologie drohte in die falsche Richtung zu kippen. Auf den Fluren der Jitzchak-Rosenthal-Fakultät wurde von Verrat gemurmelt. Adele Kolonko war immerhin eine der prominentesten Wortführerinnen des linken Kriminologenlagers, sie war die Begründerin des Dubliner Kreises und Mitherausgeberin zahlreicher Publikationen, Streit-, Kampf- und Zeitschriften.

Der konservative Flügel der Kriminologie, vor allem repräsentiert durch den Luzerner Professor Urli Oerlikon, war in den letzten Jahren nach und nach zerlegt, zurückgeschlagen und widerlegt worden. Man hatte sich auf Kongressen und Konferenzen bekriegt, war in Feuilleton-Debatten und

Essay-Schlachten gegeneinander angetreten und wähnte sich endgültig in der Offensive. Zwar wurde gemunkelt, dass vor allem Professor Oerlikons biblisches Alter und sein schlechter Gesundheitszustand mit dem Schwächeln des konservativen Flügels zu tun haben könnte, aber auch die Professorinnen Separović aus Zagreb und Quirino aus Manila, die ebenso zur Spitze desselben Lagers gehörten, waren in letzter Zeit erstaunlich kleinlaut gewesen und wagten nur noch selten, und wenn, dann schüchterne Vorstöße in weniger bekannten Publikationsreihen wie der Sankt Petersburger *Nakasanije*. Doch dann veröffentlichte Adele Kolonko diesen *unverschämten* (so stand es im *Tel Aviver Kriminologenblatt*), *kontroversen* (so Prag), *frech-falschen* (Brüssel) Artikel im *Kriminologischen Journal*, der dem am Boden liegenden Gegner Luft zum Atmen gab, ja mehr noch, die Hand ausstreckte. Professor Van Noje aus Brüssel hatte eine Ausgabe des *Kriminologischen Journals* schon drei Tage vor dem offiziellen Erscheinen erhalten und rief sofort bei Kolonko an. Der Artikel müsse wohl ein Scherz sein, den er nicht verstehe, es müsse wohl eine boshafte Satire sein, um Urli Oerlikon und seine Bande zu verspotten, aber er würde ihn nicht verstehen, diesen Scherz, er würde die Pointe nicht finden. Und als ihm Kolonko versicherte, dass es sich um keinen Scherz handle, sondern dass das die neuesten Forschungsergebnisse ihres Institutes seien, dass sie vermutlich Fehler in der Vergangenheit gemacht hätte und vieles vorschnell verteufelt, dass damit ein Wendepunkt gelingen könnte, vielleicht sogar eine Versöhnung der beiden Lager, da geriet Professor Van Noje völlig außer sich, flehte sie an, die Ergebnisse zu überprüfen, die Auswertung zu wiederholen und sich die Sache noch mal durch den Kopf gehen zu lassen. Kolonko lehnte ab, ihr Entschluss stehe fest.

Kurz darauf wurde das *Kriminologische Journal* durch die Republiken geschickt und die Bombe platzte. Nur drei Wochen später antwortete der plötzlich putzmuntere Urli Oerlikon in der *Monatsschrift für Kriminologie und Strafreform*, die sein Institut in Luzern herausgab, in einem Aufsatz auf Kolonkos Essay, lobte darin die naturwissenschaftliche Brillanz und bescheinigte der kanadischen Kollegin ein Stilbewusstsein, welches er in dieser Qualität noch nie in einer kriminologischen Fachzeitschrift gelesen habe.

In den folgenden Monaten war die Hölle los, und als bekannt wurde, dass Kolonko im April nach Europa reisen würde, um auf dem Berliner Kongress einen Vortrag zu halten und für ihr neues Buch zu werben, gab es kein Halten mehr. Wer als Kriminologe etwas auf sich hielt, kam nicht umhin, sich zu Kolonko zu positionieren. Der Saal der Veranstaltungshalle war bis zum letzten Platz besetzt, als die kanadische Professorin um 14 Uhr durch den Haupteingang schritt und sich, geschützt durch ihre Anhänger, den Weg zum Rednerpult bahnte. Wo noch bis vor wenigen Sekunden Damen mittleren Alters untereinander Morddrohungen verkündet hatten, wo sich Herren höheren Semesters gerade noch an den Krawatten gezogen hatten, herrschte Totenstille. Alle Augen auf Kolonko. Nur in der vorletzten Reihe saß eine Kongressteilnehmerin, die etwas gelangweilt durch die Seiten eines iranischen Sci-Fi-Schockers blätterte. Beverly Kaczmarek war eine der beiden Besucherinnen, die nicht wegen Kolonko gekommen waren, sondern wegen des Redners, der nach ihr auf dem Plan stand, einem gewissen Dr. Phil Mangrovious, ein Pseudonym, hinter dem sich niemand anderes verbarg als Floyds älterer Bruder Charley Kaczmarek.

Beverly hatte sich mit ihrem Vater um 13 Uhr im Foyer der Kongresshalle verabredet, aber weil Floyd wie immer zu spät kam und wegen des ganzen Trubels, den Kolonkos Anwesenheit verursachte, kamen sie nicht dazu, auf ungestörte oder womöglich diskrete Art miteinander zu sprechen. Nun saßen sie inmitten des kriminologischen Fachpublikums und hörten sich seit einer halben Stunde an, was die Kanadierin mit den geschwungenen Augenbrauen über irgendwelche Chromosomen zu vermelden hatte. Beverly war in ihr Buch vertieft, als sie plötzlich stark aufbrausender Applaus – durchsetzt von Beleidigungen und Buhrufen – aus ihrer Lektüre riss. Scheinbar hatte Kolonko ihre Ausführungen beendet. Floyd tippte seiner Tochter auf die Schulter und machte sie auf Charley aufmerksam, der als nächster Redner das Podium betrat. Er räusperte sich und zückte eine Vega-Wang-Brille aus der Innentasche seines Tweedsakkos (Savile Row, 16.000 Pfund Sterling), denn so etwas Ähnliches wie einen Trainingsanzug würde er nicht mal beim Sport tragen.

Charley Kaczmarek war nicht nur der bestgekleidete Verbrecher westlich des Dnjepr, er hatte auch schon immer ein Faible für Wissenschaft und Theorie gehabt, was ihm in der Kaczmarek-Familie den Ruf eines intellektuellen Sonderlings und schwarzen Schafs einbrachte. Vor einigen Jahren hatte er unter dem Pseudonym Phil Mangrovious seine

Doktorarbeit an der Universität Astana eingereicht, welche den Titel *Beware of Pickpockets. Diebstahl in Stratford-upon-Avon zur Zeit Elisabeth* I. trug und ihm eine glatte 1 einbrachte (gut, er spielte auch regelmäßig Golf mit dem Dekan). Hin und wieder haute er auch seine Nichte an, ob sie nicht Lust hätte, ebenfalls die akademische Laufbahn einzuschlagen. Doch Beverly, die bekanntlich nach zwölf Tagen das Kunstgeschichtsstudium geschmissen hatte, sagte nur:

– Weißt du, Onkelchen, der Unterschied zwischen uns ist: Du schreibst Doktorarbeiten und über mich werden Doktorarbeiten geschrieben.

T

Nach Charleys Vortrag gingen sie rüber ins Café Stromboli, und Floyd bestellte so ziemlich alle Sandwiches, die auf der Karte standen, dazu zwei große Biere, eine kleine Flasche Mineralwasser und einen Wodkatini, weil gerade Happy Hour war. Charley bestellte Linguine und Rotwein, Beverly bestellte nichts.

Als Charley auf die Toilette ging, warf sie Floyd Rasierklingenblicke zu.

– Also, warum wolltest du mich so dringend sprechen?

– Warum? Brauche ich einen Grund, um meine Tochter zu sehen? Gut, ich gebe es zu: Ich mache mir Sorgen. Du siehst nicht gut aus, Augenringe, Frisur von 2011, außerdem hab ich gehört, dass du in gefährlichen Geschäften drinsteckst.

– Und wenn schon?

– Und wenn schon? Das wirst du sofort sein lassen!

– Werde ich nicht.

– Und ob du das wirst! Am Wochenende hat mich meine liebe Freundin Tazzjana Limanouskaja aus Minsk angerufen und mir erzählt, dass ihre Agentur den Auftrag bekommen hat, dich kaltzustellen.

– Welche Agentur? T&L?

– P&P.

– Sind die neu?

– Nein, ist ein Zusammenschluss von G.G.I. und N&O.

– N&O? Wusste gar nicht mehr, dass es die noch gibt.

– Gibt's auch nicht mehr. Ist jetzt P&P.

Beverly spielte mit einer Packung Streichhölzer unter dem Tisch. Ihr Blick lag auf Floyds tschitscheringrünem Trainingsanzug. Sie nahm eines der Zündhölzer heraus.

– Und was heißt hier überhaupt »meine liebe Freundin Tazzjana«? Gehst du mit der ins Bett, oder was?

– Das – ich muss – also das geht dich gar nichts an! Tazzjana und ich haben ein sehr vertrauensvolles Verhältnis. Und ja, wir kennen uns seit einer Weile, wir sind Erwachsene, wir haben Spaß an unseren Körpern –

– Herrgott, Floyd, so genau wollte ich es nicht wissen!

Beverly steckte das Zündholz wieder zurück in die Packung.

– Tazzjana hat übrigens bei den vorletzten Olympischen Spielen Bronze im Kugelstoßen gewonnen. Da haben wir uns auch kennengelernt.

– Und hat sie auch gesagt, wer sie auf mich angesetzt hat?

– Ja, der Mann heißt Maximow. Baulöwe, Kreditlöwe, Kunsthyäne. Schon mal gehört?

– Kann sein.

– Zwielichtiger Typ, hat seine Finger so gut wie überall drin. Ich hab mal in den Nullerjahren ein paar Diamanten für ihn geklaut. Und letztes Jahr, als ich im *Dragonara* eingestiegen bin, hat er mir den Kontakt zum Polizeichef von St. Julian vermittelt. Und 2016, als wir in Izmir –

– Okay, hab's kapiert, du stehst auf der Lohnliste von dem Schwein. Warum überrascht mich das nicht?

– Ach komm, Bev, so läuft das eben. Heutzutage brauchst du Beziehungen, du musst den Leuten hin und wieder einen Gefallen tun. Das ist wie Wrestling: Es wird vorher ausgemacht, wer gewinnt, der Rest ist nur Show.

– Gut, sagte sie, und was soll das jetzt heißen?

– Ich hau dich da raus, ist doch klar.

– Sehr großzügig, Floyd, wirklich sehr großzügig.

– Ich weiß, wie man mit solchen Typen spricht, vertrau mir.

– Ja, klasse.

– Weißt du, ich habe doch diese Wohnung in Rom. Du könntest mal für ein paar Wochen hinfahren und abspannen. Ich hatte die besten Jahre meines Lebens in Rom.

– Ja, hast du schon tausendmal erzählt, Floyd.

– Nettes Essen, nettes Wetter, ab und zu den Vatikan ausräumen, das wär doch was für dich.

– Floyd! Es ist total 80er, den Vatikan auszuräumen! Das macht wirklich niemand mehr!

– Was? Wer sagt das? Ich hatte die besten Jahre meines Lebens im Vatikan!

– Die katholische Kirche zu berauben ist fundamental abgedroschen, Floyd! Peinlich! Raub doch mal eine evangelische Kirche aus oder meinetwegen einen buddhistischen Tempel. Aber lass mich mit deiner katholischen Kirche in Ruhe.

– Versprich mir einfach, dass du aus der Stadt verschwindest, okay?

– Ja, was auch immer, ich denk darüber nach.

Würde sie natürlich nicht.

– Und verhalt dich für ein paar Wochen unauffällig.

Würde sie auch nicht.

– Und vor allem: keine Einbrüche, keine Ausbrüche, keine exaltierten Aktionen.

– Ja, hast vermutlich recht.

Hatte er leider nicht. Beverly war kurz davor, ihren Plan zu vollenden und den ließ sie sich von keinem kaputtreden, schon gar nicht von ihrem Vater, der sollte endlich aufhören, in ihrem Leben herumzupfuschen.

– Na, Leute, sagte Charley, als er von der Toilette wiederkam, jetzt erzählt mal: Was macht man so an einem Freitagabend in Berlin? Jemand Bock, Opium auszuprobieren oder 'ne Kugel übers Parkett zu werfen?

– Du meinst Bowling?

– Klar. Gut für den Rücken, gut für die Nerven.

– Sorry, Charley, ich muss gleich noch packen. Floyd schickt mich aufs katholische Mädcheninternat. Holen wir alles beim nächsten Mal nach.

Als sie sich verabschiedet hatte, rief sie Dragan an und ließ durchblicken, dass sie ihre Pläne vorverlegen müssten. Sie einigten sich auf den 27. April als *jour de chance*. Jetzt gab es kein Zurück mehr, alle Brücken waren abgebrannt. Beverly nahm die S-Bahn nach Hoppegarten und feuerte mit der Kalasch zwei Magazine in den Wald. Danach ging sie auf die Galopprennbahn. Sie trank ein Glas *Rodenbach Grand Cru*. Dann versuchte sie, ein Rennpferd zu stehlen. Es misslang. Aber der Jockey, der sie dabei erwischte, war ein netter Kerl und nicht weiter wütend. Er ließ sie eine Runde reiten. Wie schon gesagt: Es gab kein Zurück mehr.

U

Der Großteil der Bevölkerung raucht nicht in der Badewanne. Das hat eine Umfrage vom Potsdamer Amt für Statistik ergeben. Dagegen haben die Forscher herausgefunden, dass Zweidrittel der Berliner gerne Weißwein auf dem Balkon trinken. Wogegen jeder zweite von ihnen keinen eigenen Balkon besitzt und auf die Balkone von Freunden und Verwandten ausweichen muss. Beverly Kaczmarek war in keiner Statistik vertreten. Sie hatte es aufgrund ihrer kriminellen Vergangenheit für unangebracht gehalten, sich von einem öffentlichen Amt erfassen zu lassen. Offiziell existierte Beverly Kaczmarek nicht, sie war ein Gespenst, das durch die Hauptstadt geisterte. Auch die Akte, die Polizeipräsident Schulz-Lamar auf seinem Schreibtisch liegen hatte, war gerade mal eine Seite lang.

– Und wo ist das Foto?, fragte er seinen Assistenten Dr. Guse.

– Wir haben noch kein richtiges, Chef.

– Rufen Sie Hotfilter rein. Sofort!

Dann zeigte Schulz-Lamar auf die Akte daneben.

– Und wer ist der Orang-Utan?

– Das ist Dragan Vidović.

– Ach was? Dieser Wetter-Idiot?

– Sehen Sie, dieses Foto haben wir am 19. März geschossen. Müsste ein Montag gewesen sein.

– Wieso gerade Montag?

– Montag ist Kinotag.

– Gut kombiniert, Guse. Fahren Sie fort.

– Wir haben es damals geschafft, für ein paar Stunden an ihr dranzubleiben. Irgendwann ist dann dieser Vidović aufgetaucht. Es sieht so aus, als ob sie zusammen im Mirage waren.

– Interessant. Welchen Film haben Sie gesehen?

– Das weiß ich nicht.

– Vidović also. Hatten wir bei dem nicht mal jemanden eingeschleust?

– Ja, sagte Guse, das haben wir.

– Und haben wir schon genug gesammelt?

– Ich bin mir nicht sicher, Chef. Das Betrugsdezernat ist dafür zuständig.

– Sagen Sie denen, dass wir Vidović so bald wie möglich verhaften. Über ihn werden wir dann auch an sie rankommen.

Es klopfte an die Tür, und Ferenc Hotfilter trat ein. Der Kommissar trug Leinenanzug und Joggingschuhe. Er sah unausgeschlafen aus.

– Ferenc, setzen Sie sich. Was halten Sie davon?

– Das ist Dragan Vidović.

– Ich weiß, wer das ist, rief Schulz-Lamar scharf, erzählen Sie mir mal was Neues. Wir werden den Kerl heute Nacht schnappen!

Der Kommissar zögerte einen Augenblick.

– Wenn Sie meine Meinung wissen wollen: Ich halte das für einen Fehler. Ich denke, wir sollten Maximow nicht vergessen. Er muss das eigentliche Ziel bleiben. Und wenn wir zu früh zuschlagen, wird er wieder davonkommen.

Schulz-Lamar schien genau auf diesen Moment gewartet zu haben und holte einen Brief aus seiner Schreibtischschublade.

– Sie werden Herrn Maximow nicht weiter belästigen, haben Sie das verstanden?

– Ich muss protestieren!

– Sie protestieren?

– Ich protestiere!

– Ach Ferenc, ich bitte Sie.

– Ich bearbeite den Fall Maximow seit zehn Jahren und stehe kurz vor einem Abschluss.

– Dann lesen Sie sich das durch! Dieser Befehl kommt von ganz oben. Maximow ist für Sie gestorben. Also reißen Sie sich endlich zusammen!

Beverly Kaczmarek hatte in der Nacht von Napoleon geträumt, und zwar so klar und deutlich, dass es den Anschein hatte, der Korse würde neben ihr im Bett liegen. Einmal wachte sie auf und durchwühlte die Kissen, um sich zu vergewissern, dass er auch wirklich nicht da war. Im nächsten Traum befand sie sich wieder in den Gemächern Bonapartes, kurz darauf auf den Schlachtfeldern Belgiens, dann in einem Tal der Champagne, wo sie, in Korbstühlen sitzend, Riesling tranken. Napoleon (er war unrasiert und blickte mit verquollenen Augen feindselig von links nach rechts, wohl auf der Suche nach Assassinen) erklärte in einem ausschweifenden Monolog, dass die Deutschen einfach den besten Wein machen würden, wogegen die Franzosen eher beim Bierbrauen den Bogen raus hätten.

In diesem Moment des Traums schreckte Beverly auf. Sie rieb sich den Schlaf aus den Augen, der Wecker zeigte halb sieben. Beverly ließ sich Zeit beim Zähneputzen, sie putzte lange und intensiv, bis das Zahnfleisch blutig wurde und spuckte rot-weiß aus. Sie warf sich eine Handvoll Wasser ins Gesicht und überprüfte die Farbe ihrer Augen im Spiegel. Es war der 26. April. Höchste Zeit, noch ein paar Dinge zu erledigen. Während die Badewanne volllief, erstellte sie eine Liste. Sollte die morgige Operation ein Erfolg werden, musste sie verschwinden, vermutlich monatelang. Sie würde die Stadt verlassen müssen, besser gleich den Kontinent. Beverly hielt einen Zeh in die Wanne, um die Temperatur zu prüfen, und beschloss, mit den einfachsten Dingen anzufangen: den Strom kündigen, den Internetanbieter ein letztes Mal am Telefon beleidigen, solche Sachen eben. Danach würde sie alle Spuren verwischen. Sie überlegte, ob es möglich war, ihre Wohnung abzufackeln, ohne dass dabei die Nachbarn starben. Vermutlich nicht.

Als sie sich an den Küchentisch setzte, zeigte die Uhr erst halb acht. Und jetzt? Was soll man schon machen als freiberufliche Diebin morgens um halb acht? Nachdem sie ihr Handy angeschaltet hatte, rasselten drei nächtliche SMS von Yves und Billy rein.

SMS 1: Wir haben ein Gedicht über dich geschrieben, willst du es lesen?

SMS 2:

Von den Bullen gefasst
Im Müllschlucker vom Knast
Von allen gehasst
Sitzt Beverly und weint

SMS 3: Yves ist noch unzufrieden mit der letzten Zeile. Er meint, da würde lyrisch mehr gehen, aber ich find's ziemlich treffend. Küsschen, Billy. PS: Du bist Scheiße.

Beverly band sich ihre Schnürsenkel scharf an die Sportschuhe und verließ die Wohnung im Laufschritt. Ihre Frisur lag stromlinienförmig im Wind, glich einem U-Boot der russischen Eismeerflotte, das gerade aus einem Dock in Murmansk geschossen kam. Im Park ging es weiter: Klettern, Springen, Hechten, alles ohne Aufwärmen. Dann boxte sie ein paar Sträucher um.

Mittags machte sie ein paar Besorgungen, während es vom Aprilhimmel kleine Portionen schlechter Laune hagelte. Neben einer Brücke am Landwehrkanal standen drei junge Indonesier und verkauften Zigaretten, während auch ihnen der deutsche Frühling den Anorak ruinierte. Die indonesischen Schieberringe hatten in den letzten Monaten dem malaysischen Kartell den Krieg erklärt, die Malaysier hatten zuvor die Laoten verdrängt und die davor die Kambodschaner aus der Stadt geworfen. Beverly fand, mit den Indonesiern konnte man gute Geschäfte machen, sie waren ordentliche Kerle und konnten so gut wie alles auftreiben, Panzerfäuste, seltene Panini-Sticker, Importschokolade. Aber wenn man ihnen eine Schachtel Kalaschnikow-Patronen abkaufte und sie einem zu wenig Rückgeld herausgaben, dann fragte man besser nicht nach. Beverly, die vor ein paar Tagen eine Bestellung aufgegeben hatte, steckte einem der Indonesier einen Zettel zu. Der nickte und machte ihr klar, sie solle kurz warten. Dann kam er mit einem großen Paket zurück, in dessen Oberseite kleine

Atemlöcher geschnitten waren. Beverly warf einen Blick hinein. Sie war zufrieden.

Am Nachmittag lief Beverly durch die Wohnung und machte sich letzte Gedanken. Sie ging die einzelnen Punkte des Plans durch und trank eine Limonade im Stehen. Dann zückte sie ihr Handy und schrieb ihrem Vater eine SMS, deren Wortlaut sie bis ins Detail ausgetüftelt hatte. Sie ging zum Kleiderschrank, zog ein paar Kleidungsstücke heraus und warf alles aufs Bett. Sie wählte die passenden Socken, die richtige Hose, das richtige Stirnband. Das Ergebnis landete auf einem Stuhl, sodass sie am Morgen nur hineinzuschlüpfen brauchte. Den Wecker stellte sie auf 3:30 Uhr. Im Badezimmer schnitt sich Beverly die Fingernägel. Sie achtete darauf, dass die Nägel nicht zu kurz wurden. Sie ließ sich Zeit. Sie musste sich auf jeden verlassen können. Dann betrachtete sie ihre Hände im Spiegel und ihr Blick fiel auf ihre Frisur. Gut, zwei bis siebzehn Zentimeter konnten da echt mal runter.

Im libanesischen Meistersalon *Pierre, Ibrahim & Anatol* formulierte sie ihre Forderungen:

– Achten Sie einfach darauf, dass man die Frisur problemlos unter einen Feuerwehrhelm bekommt. Außerdem sollten keine Haare abstehen, sodass man irgendwo hängen bleibt, beispielsweise, wenn man rennt oder klettert.

Der Meister, es war Anatol persönlich, gab keine Widerworte und machte sich daran, ihre Wünsche präzise umzusetzen. Da saß Beverly nun, klickte mit dem Feuerzeug in der Tasche und betrachtete sich im Spiegel. Links und rechts fielen die Haare, oben und unten war Himmel und Hölle, ihr knallten 700 Gedanken durch den Kopf. Dann hielt ihr der Friseur einen kleinen Spiegel an den Hinterkopf, und Beverly überprüfte ihre Nackenlinie. Der Mann verstand sein Handwerk. Als sie nach Hause lief, wehte ihr der Wind um den Hals und ein Schauer fuhr über ihren Rücken. Um 19 Uhr legte sich Beverly ins Bett und schloss die Augen. Sie tat dies so gewissenhaft, als ob sie eine Schauspielerin wäre, die jemanden spielt, der gewissenhaft früh schlafen geht.

In der Nacht passierte dann das, was jede Nacht in Berlin passiert: Einige Kinder wurden gezeugt, einige Zähne wurden ausgeschlagen, einige Gläser Brandy Champarelle getrunken und einige Menschen in Tiefgaragen ausgeraubt. Tadeusz Zacke ging gegen 23:30 Uhr zu seinem Opel Diplomat in einer Tiefgarage in Schöneberg und wurde ausgeraubt. Angelika Rasp-Boettger wurde um 00:50 Uhr in der Tiefgarage an der Frankfurter Allee überfallen. Claude Miskowicz, der in den Nullerjahren einige Rap-Alben unter dem Künstlernamen *El Pinguino* veröffentlicht hatte, stellte um 1:45 Uhr seinen roten Alfa Romeo Spider in einer Tiefgarage in Weißensee ab und wurde ausgeraubt. Um 3:15 Uhr wurde Charlotte Körbers Passat in einer Tiefgarage am Flughafen Schönefeld aufgebrochen, und zwar von ihrer eigenen Schwester, um die Versicherungspolice zu kassieren. Und um 4:40 Uhr wurde Slobodan Mandic' Benz in der Tiefgarage am S-Bahnhof Halensee geknackt und neben einer Kamera, ein paar Münzen und weiterem Krimskrams, ein Schlüssel gestohlen, der das Tor zur Freiwilligen Feuerwehr in Kladow öffnete.

V

Wenn krumme Dinger gewaltig schiefgehen, liegt das entweder an Verrat oder an Dummheit und manchmal an beidem. Dragan Vidović war kein Verräter und auch kein Dummkopf, aber ein anarchistischer Romantiker mit Vorlieben für ausgefallene Longdrinks und als solcher für Dummheiten jeder Art bestens geeignet. Er hatte die ganze Nacht Pastis Sprite getrunken und im *Kartenspiel International* Baccara gespielt, und als die Sonne aufging und er immer noch kein Auge zugemacht hatte, war er in seinen Ford Escort gesprungen und, entgegen Beverlys Plan, sich in den letzten Tagen vor dem Coup nicht mehr zu sehen, ohne Umwege zu ihrer Wohnung geheizt, weil er Bock hatte, rumzuknutschen, rumzumachen und dann durch die Betten zu turnen.

Wenn Beverly etwas gut konnte, dann war es rumknutschen, rummachen und durch die Betten turnen, und Dragan hatte keine Lust, noch eine Nacht länger darauf zu verzichten. Mit ihr zu schlafen fühlte sich anders an als alles, was er bisher erlebt hatte, wie ein Material oder Gemisch, ein Element oder eine Farbe, wie zwei Heizungsrohre, die sich umeinander wanden, wie in die Länge gezogene Messer, wie Fahrstühle, die an Seilen auf und ab fuhren, sodass sich ihre Körper aufsplitteten und Teil des Raums wurden, ungefähr so, und das wollte er jetzt wieder haben. Beverly ging es übrigens nicht anders. Wenn sie mit Dragan schlief, fühlte es sich an, als wären ihre Gliedmaßen gewunden wie Schrauben, als würde sie auf dem Bauch eines Wals liegen, auf weißen Lamellen, als wäre sie ein Schuppenpanzer, an dem sich ein anderer Schuppenpanzer bewegt, oder eine Flüssigkeit, die durch einen schwarzen Tunnel stürzt, eine Luftblase, die unter Wasser unter der Eisschicht herumwandert. (Auch wenn sie ihm das niemals sagen würde.)

Mit einer Tüte Croissants und einer Flasche Milch in der Hand, trommelte Dragan also, angetrunken und liebestoll, wie er war, an Beverlys Tür in der Waldemarstraße, als ein schallgedämpfter Schuss drei Zentimeter neben seinem rechten Ohr durch das Holz schlug. Dragan schaltete schnell und drückte sich gegen die Wand, an der sofort zwei weitere Schüsse vorbeiflogen.

– Sag mal spinnst du, ich bin's, Dragan!, rief er, was mit einem weiteren Schuss beantwortet wurde.

Gut, jetzt war wenigstens klar, dass es nicht Beverly war, die auf ihn feuerte. Dragan schmetterte die Milchflasche gegen die Tür, worauf zwei weitere Schüsse folgten, und dann die Tüte mit den Croissants hinterher, was unbeantwortet blieb. Ohne lange nachzudenken, schmiss er sich mit Anlauf gegen die Scharniere. Tazzjana Limanouskaja lud gerade ihre Waffe nach, als sie Dragans ausgestrecktes Bein gegen die Wand warf. Die olympische Bronzemedaillengewinnerin knackte kurz mit dem Nacken, stand wieder auf und sagte mit dem schönsten Akzent, den Minsk zu bieten hat:

– Zeig mir, wo das Bild versteckt ist, und ich lass dich gehen, Wettervogel.

Der Kampf, der sich nun entwickelte, dauerte 2 Minuten 30 Sekunden und wurde mit Fäusten, Zähnen, Ellbögen, Füßen und sämtlichen Gegenständen geführt, die in der Wohnung herumlagen. Dragan trat ihr gegen das Schienbein, sie verpasste ihm einen Kopfstoß mit anschließendem Uppercut. Insgesamt wurden acht linke Haken verteilt und zwölf rechte. Von den linken Haken trafen vier, von den rechten fünf. Die Ex-Kugelstoßerin hatte mehrere Küchenmesser nach Dragan geworfen, Dragan dagegen einen Schneebesen, zwei Kochlöffel und den Salzstreuer. Kurze Zeit benutzte er auch eine Bratpfanne als Waffe.

Nach 150 Sekunden waren bei den Kontrahenten folgende Verletzungen festzustellen:

- Sechs verstauchte Rippen.
- Zwei blutige Lippen.
- Eine Bisswunde am Hals.
- Drei eingerissene Fingernägel.
- Ring- und Zeigefinger der rechten Hand gebrochen.
- Mittelhandknochen der linken Hand gebrochen.
- Knöchel beider Füße verstaucht.
- Rechter Zeh angebrochen.
- Nasenbein zweifach gebrochen.
- Linkes Schlüsselbein kompliziert gebrochen.
- Schädelhirntrauma.

– Gequetschte Eier.
– Multiple Zerrungen.
– Vier ausgeschlagene Zähne.

Dann stürmte ein Polizeiaufgebot die Wohnung. Einer von Schulz-Lamars Männern war Dragan vom *Kartenspiel International* bis zu Beverlys Wohnung gefolgt, wo er sofort das Einsatzkommando gerufen hatte, das nun den Wetteranarchisten aus dem Haus schleppte. Es brauchte drei Männer, um ihn in das Polizeiauto zu drücken. Als auch Tazzjana Limanouskaja aus dem Haus geführt wurde, rollte ein Feuerwehrauto an der Szenerie vorbei, das niemand beachtete und nach hundert Metern stehen blieb. Beverly Kaczmarek saß in voller Montur am Steuer und beobachtete im Rückspiegel, wie sich die Polizeiautos in Bewegung setzten und der Konvoi hinter der nächsten Ecke verschwand. Sie legte den Gang ein und lenkte den Wagen langsam die Straße hinab. Gut, dachte sie, und nun? Erst mal zum Frühstücken zu *Simit 3000*, klare Sache.

Dragan Vidović hatte man da schon ins Kommissariat gebracht und nahm ihn in die Mangel. Schulz-Lamar bestand darauf, das Verhör persönlich zu leiten.

– So wie es aussieht, hat Sie Ihre Partnerin sitzen lassen. Blöd gelaufen, aber lassen Sie uns das Beste daraus machen.

– Sonst noch was?

– Allerdings! Wenn Sie mir verraten, wer noch bei dem Bruch in der Nationalgalerie beteiligt war, kann ich Sie vielleicht aus der Sache raushalten.

– Nationalgalerie? Wie kommen Sie denn auf so was?,

sagte Dragan und nahm eine von Schulz-Lamars Zigarren aus dem Etui, das auf dem Tisch lag.

– Sie können hier nicht rauchen!

– So? Kann ich nicht?

Dragan steckte sich noch eine zweite Zigarre in den Mund und zündete beide an.

– Und jetzt? Wie geht's weiter, ihr Honigbienchen?

Schulz-Lamar hatte sich mit Wuhl ins Nebenzimmer zurückgezogen, um das weitere Vorgehen zu besprechen. Durch eine Glasscheibe konnten sie Dragan sehen, wie er im Verhörzimmer saß und auf den Tisch trommelte.

– Passen Sie auf, raunte Schulz-Lamar seinem Assistenten zu, jetzt können Sie was lernen. Modernste Methoden der Kriminalistik!

– Okay, Chef, wollen Sie wieder rein?

– Haben Sie einen Kugelschreiber dabei?

– Ja. Warum?

– Her damit. Sie werden gleich Zeuge der von mir entwickelten Karabiner-Verhörtechnik. Wir schaffen erst eine Atmosphäre von Vertrauen und Nähe und dann einen Raum für Kooperation und Alternativlosigkeit. Passen Sie gut auf, wie man das macht!

Mit triumphalem Gesichtsausdruck stieß Schulz-Lamar die Tür zum Verhörraum auf und schwang sich auf einen Klappstuhl.

– Herr Vidović, wie ist Ihnen die Luft bekommen? Alles bestens? Schön! Sagen Sie: Kennen Sie das Spiel *Stadt, Land, Fluss*? Ich spiele für mein Leben gern *Stadt, Land, Fluss*! Spielen Sie doch eine Runde mit mir!

Dragan schaute finster.

– Und hier sind meine Zigarren. Rauchen Sie nur, na los, rauchen Sie!

Er musterte den Polizeipräsidenten.

– Gut, wenn es sein muss. Wie waren noch mal die Regeln?

– Ganz einfach, mein Lieber. Es gibt drei Kategorien: Stadt, Land und eben Fluss.

– Richtig, da klingelt was.

– Manche spielen auch *Stadt, Land, Gewässer*. Aber so was ist für Anfänger! Für Dilettanten! Alles klar?

– Und wie soll ich mit den Handschellen schreiben? Nach einer fairen Ausgangssituation sieht mir das nicht aus.

Schulz-Lamar zögerte einen Augenblick. Er nickte Wuhl zu, die Handschellen zu lösen.

– Ausgezeichnet, sagte Dragan, kann losgehen.

Wuhl machte den Schiedsrichter und sagte leise das Alphabet auf. Dann verkündete er den Buchstaben M.

Sofort raste der Stift des Polizeipräsidenten über das Papier. Dragan beobachtete den Raum und überlegte, was er sonst noch mit dem Kugelschreiber (Aufschrift: Vladimir Hernandez Wärmedämmung & Heizungslösungen, rufen Sie durch unter 030-163676 oder schreiben Sie eine Mail an vladi-hernandez@waermedaemmung-heizungsloesungen.ru) anstellen konnte. Nach 15 Sekunden war Schulz-Lamar fertig und brüllte Stopp, während Dragan gerade anfing, ein paar Striche auf das Papier zu kritzeln.

– Ich habe Stopp gesagt, Herr Vidović! Das ist ein Spiel für Gentlemen und ich erwarte, dass hier nicht geschummelt wird.

Dragan legte den Stift beiseite.

– Also, als Stadt habe ich Melbourne, und wenn ich richtig sehe, dann haben Sie nichts auf Ihrem Papier stehen. Das bedeutet 20 Punkte für mich. Sehr schön. Zur nächsten Kategorie: Bei den Ländern habe ich Malta.

– Ich habe Mali.

– Nein, das haben Sie nicht, Herr Vidović. Sie haben auf Ihrem Zettel ein M stehen und zwei unleserliche Buchstaben!

– Klar, ist auch Steno.

– Wie bitte? Ich dachte, wir spielen hier unter Gentlemen! Bitte respektieren Sie die Regeln. Zwanzig Punkte für mich.

– Ja, was auch immer.

– Kommen wir zur letzten Kategorie. Da habe ich den Min Jiang.

– Den haben Sie sich ausgedacht.

– Der Min Jiang ist der längste Nebenfluss des Jangtsekiang.

– Gut, ich hab den Müggelsee.

– Herr Vidović, wir sagten doch, dass wir ohne Seen spielen!

– Wann haben wir das gesagt?

– Das Spiel heißt *Stadt, Land, Fluss* und nicht *Stadt, Land, Gewässer*, darin waren wir uns einig!

– Und?

– Der Müggelsee ist kein Fluss!

– Natürlich! Haben Sie mal gesehen, wie lang gestreckt der ist!

– Herr Vidović, lassen Sie den Unsinn. Die zwanzig Punkte gehen an mich!

– Wieso, Sie haben sich Ihren Fluss doch ausgedacht!

– Zwingen Sie mich jetzt wirklich, meinen Weltatlas zu holen?

– Sie können nur nicht verlieren, oder?

– Herr Vidović, reizen Sie mich nicht!

– Deswegen disqualifiziere ich Sie hiermit! Haben es alle gehört: Der Polizeipräsident ist disqualifiziert!

– Wuhl, holen Sie meinen Weltatlas!

– Zu spät, Sie sind raus aus dem Spiel!

– Wuhl, holen Sie sofort den Weltatlas aus meinem Büro!

– Das bringt nichts! Sie sind disqualifiziert!

– Und Sie sind verhaftet!

– Da lach ich doch nur! Wie wollen Sie mich denn verhaften, wenn Sie raus sind?

– Wuhl, legen Sie ihm sofort die Handschellen an!

Doch da war es schon zu spät: Der arme Wuhl bekam den Kugelschreiber in die Rippen, allgemeine Hektik brach aus. Dragan schlug um sich und tankte sich durch den Raum. Beine, Arme und andere Körperteile flogen durch die Luft. Erst als Verstärkung eingetroffen war und sich vier Beamte auf ihn geschmissen hatten, bekamen sie die Situation unter Kontrolle. Dragan spuckte Blut und wurde abgeführt. Als er am bleichen Schulz-Lamar vorbeikam, rief er:

– Sie sind trotzdem disqualifiziert!

Am Nachmittag wartete der Polizeipräsident auf Ferenc Hotfilter, von dem er sich neue Ergebnisse in der laufenden Ermittlung erhoffte. Dragan hatte man auf die Krankenstation gebracht, wo er einem Aufpasser den Zeigefinger gebrochen und dem behandelnden Arzt angedroht hatte, sein Haus anzuzünden, sollte er je wieder rauskommen. Nun hatte man ihn in eine Zelle nach Moabit gesteckt, wo er sich nach wie vor weigerte, mit der Polizei zu sprechen. Der Abschlussbericht des Verhörs hatte den Polizeipräsidenten nicht gerade gut aussehen lassen. Seine Nerven waren angegriffen.

Als Hotfilter schließlich mit vierzigminütiger Verspätung das Büro betrat, lief Schulz-Lamar manisch von rechts nach links und rauchte ruppig an seiner Zigarre, wobei er in unkontrollierbaren Bewegungen auf die Ahorndielen aschte. Hinter ihm lief Kriminalrat Dr. Guse und kehrte mit einer kleinen Schaufel die Asche auf, wenn Schulz-Lamar nicht hinsah.

– Ich muss mich wundern, Ferenc, ich muss mich sehr wundern. Wir haben gerade den größtmöglichen Notstand, und Sie kommen 40 Minuten zu spät. Aber eines will ich Ihnen sagen: Zuspätkommen ist kein Kavaliersdelikt! Jedes Jahr büßt der Staat Milliarden ein, nur wegen Zuspätkommens! Hören Sie: Milliarden!

– Milliarden, ich verstehe.

– Sie glauben mir wohl nicht? Aber nehmen wir mal an, jeder würde täglich 5 Minuten zu spät kommen. Das macht bei 80 Millionen Bürgern 400 Millionen Minuten. Und das mal 365 Tage macht 15 Milliarden Minuten im Jahr! Zuspätkommen ist antideutsche Lebensart, das will ich Ihnen gesagt haben!

Während Schulz-Lamars Vortrag hatte der Kommissar sein Leinenjackett ausgezogen und es an den Garderobenständer gehängt, als er merkte, dass neben Guse noch zwei andere Personen im Raum waren. Serge Vanderschooten saß in einem dunkelblauen Nadelstreifenanzug neben Tazzjana Limanouskaja, die eine Halskrause trug, auf dem Sofa des Polizeipräsidenten.

– Ferenc, was schauen Sie so entgeistert? Das ist Serge Vanderschooten, Frau Limanouskajas Anwalt. Sie sehen ja, dass sie eigentlich ins Krankenhaus müsste, und trotzdem war sie nicht davon abzubringen, uns zu helfen.

– Aha, sagte Hotfilter. Und wobei wird uns Serge Vanderschooten helfen?

– Die ganze Bande hinter Schloss und Riegel zu bringen, ist doch klar!

– Und Sie glauben, dass er der Richtige dafür ist?

– Ja, das glaube ich, Ferenc! Denn Sie sind scheinbar völlig unfähig dazu!

Als es Abend wurde, ging Ferenc Hotfilter nicht direkt nach Hause. Er wählte immer neue Umwege und als er endlich die Straße erreichte, in der er wohnte, blieb er stehen und kehrte wieder um. Der Kommissar war für seinen vernünftigen Charakter bekannt, für seine ruhige und ausgeglichene Art. Ferenc Hotfilter war ein defensiver Mensch. Er hatte sich nie etwas zuschulden kommen lassen und sein Leben einfach und anspruchslos geführt. So etwas wie Hobbys kannte Hotfilter nicht, außer seine Arbeit hatte ihn nie etwas interessiert. Als er gegen 22 Uhr seine Haustür öffnete, hatte er Tränen in den Augen. Er holte eine Flasche *Jihlavský Grand* aus dem Kühlschrank und setzte sich mit ihr an den Küchentisch, ohne sie zu öffnen. So saß er die ganze Nacht. Und als Hotfilter im Morgengrauen ins Bad ging und seinen Rasierapparat anschaltete, wusste er, dass er sich gleich zum letzten Mal in seinem Leben rasieren würde.

W

Hubschrauber kreisten zwischen den Gipfeln der Anden. Sirenengeheul in Downtown Bogotá. Cyrill Kaczmarek, ein Cousin Beverlys dritten Grades, war in Kolumbien und er war auf der Flucht. Sein Versteck in Chapinero war aufgeflogen, mit den letzten Pesos in der Tasche und einem mambagrünen Trainingsanzug versuchte er, sich Richtung Dschungel durchzuschlagen. Ungefähr 12.000 Kilometer nordöstlich davon lag Beverly Kaczmarek in der Hängematte. Da es in Brandenburg bekanntlich keinen Dschungel gibt, hatte sie sich am Stadtrand von Spandau in ihrer Gartenlaube einquartiert. Ihre Wohnung in der Waldemarstraße war seit 24 Stunden Sperrgebiet.

Am Tag nach Dragans Verhaftung hatte Polizeipräsident Schulz-Lamar die Ermittlung zur Chefsache erklärt und war mit einem Großaufgebot der Spurensicherung nach Kreuzberg ausgerückt. Er ließ sich ein paar Gummihandschuhe und eine Pistole geben und bestand darauf, als Erster die Wohnung zu betreten. Mit gezückter Waffe schob er die Tür auf, obwohl klar war, dass niemand mehr drin war. In Lauerstellung schlich er durch den Flur, bei der Spurensicherung schüttelte man den Kopf. Dann streifte sich

Schulz-Lamar die Handschuhe über und schnüffelte quer durch die Schubladen. Im Kühlschrank war nichts außer einer halben Flasche Wodka und einem israelischen Spionageroman. Auch der Kleiderschrank war so gut wie leer.

– Keine Frage, sagte er zu Dr. Guse, der Vogel ist ausgeflogen.

Schulz-Lamar öffnete das Dachfenster und streckte sein aufgemöbeltes Walrossgesicht hinaus. Unter den Kastanien verlief die Waldemarstraße und stieß nach fünfzig Metern auf den Mariannenplatz, an dessen anderem Ende sich der Bethaniendamm anschloss. Ein Fluss, der nie ins Meer führt, wird von den meisten Leuten See genannt. Für Schulz-Lamar war Berlin der See unter den Flüssen. Hier führte wirklich gar nichts irgendwo hin. Die Gedanken des Polizeipräsidenten wurden von einem schrillen Schrei unterbrochen. Es war Kriminalrat Dr. Guse, der unter dem Bett hervorgekrochen kam und sich die Hand hielt.

– Was soll das Geschrei? Was haben Sie da unten gefunden?

Guse greinte und deutete unter das Bett. Auf einen Wink Schulz-Lamars rückten es zwei Beamte zur Seite.

– Guse, Sie sehen Gespenster!

Der Kriminalrat zeigte nun seine Hand, auf der zwei rote Punkte zu sehen waren. Die Leute von der Spurensicherung drehten vorsichtig die Matratze um. An den Lattenrost klammerte sich eine indonesische Königskobra und fauchte die Truppe fachgerecht an.

Während Kriminalrat Dr. Guse an Bord eines Krankenwagens Richtung Charité raste, zwei Toxikologinnen (eine von der Freien Universität, eine von der Humboldt-Universität) in die Waldemarstraße abkommandiert wurden und die Spurensicherung mithilfe eines Kochtopfs auf Schlangenjagd ging, starrte Dragan Vidović in Moabit aus dem Fenster und wartete auf das vereinbarte Zeichen. Er hatte nicht die geringste Lust, noch eine weitere Stunde in seiner Zelle zu bleiben. Und das musste er auch nicht, sein Ausbruch stand unmittelbar bevor. Zwei Kommandos (Abteilung 1: Palmieri, Schwarzenberg, Aygün / Abteilung 2: Aldinga, Mansour) donnerten von zwei Seiten auf das Gefängnis zu, während sich Dragan schon auf dem Weg in den Außenring befand. Mehrere Unklarheiten: Wie kam er aus seiner Zelle? Warum wurde der Alarm so spät ausgelöst? Hinterher wurde nur festgestellt, dass gleich zwei Aufseher nicht auf ihren Posten waren. Später spekulierte die Presse: Purer Zufall, Bestechung? Verrat, allgemeine Laschheit? In den folgenden Tagen begann man, jedes Detail zu konstruieren: Dragan Vidović hatte sich noch am Vormittag einige Gegenstände bei seinen Mitinsassen besorgt: ein Mobiltelefon, ein Stück Seife, zwei Hosen. Die Hosen wohl deshalb, weil er über Zäune mit Stacheldraht klettern musste. Aber wozu die Seife? Die Überwachungskameras zeigten: Beim Sprung von der Gefängnismauer verstauchte sich Dragan den Knöchel, einige Risswunden waren an seinem linken Arm zu sehen. Zu diesem Zeitpunkt waren nicht mal 30 Sekunden seit dem Alarm vergangen. Dann rauschte schon Rocco Palmieris Audi Quattro (geile Reifen, 200 PS, Kassettenradio) ins Bild der Überwachungskameras.

Dragan wuchtete sich durch die offene Tür, es ging von Moabit Richtung Wedding. Der Fluchtwagen raste über die

Perleberger Straße und schlug am Nordhafen einen Haken, als zwei Streifenwagen aus einer Seitenstraße geschossen kamen. Im wilden Zickzack schlitterte die Bande über die Tegeler Straße, inzwischen war die Zahl der Verfolger auf vier gestiegen, an der Brüsseler Straße stand ein fünfter Polizeiwagen quer und versperrte den Weg. Um den Zeppelinplatz ging es zweimal im Kreis, einer von Dragans Männern feuerte aus dem Fenster, einer der Polizeiwagen krachte in die Parkanlage, dann beschleunigte das Auto raus auf die Utrechter Straße. Zweimal rechts, einmal links, sie hatten jetzt ungefähr 200 Meter zwischen sich und die Polizei gebracht. Dragan blickte aus dem Heckfenster und konnte keine Verfolger mehr erkennen. Dann aber, auf der Prinzenstraße, das näher kommende Knattern eines Polizeihubschraubers. Rocco Palmieri drückte aufs Gas, jemand feuerte in die Luft, dann brüllte Dragan etwas, der Wagen verlangsamte sein Tempo und fuhr in eine Seitenstraße. Das Dröhnen der Rotorblätter befand sich nun genau über ihnen. Ein Tor öffnete sich, der Wagen zog nach links und tauchte in eine Tiefgarage ab, im selben Moment schossen drei Streifenwagen in die Seitenstraße. Bevor sich das Tor zur Tiefgarage schließen konnte, keilte sich eines der Polizeiautos dazwischen. Zwei Beamte des dahinterkommenden Wagens kletterten mit gezückten Waffen über das eingeklemmte Auto und sicherten den Zugang zur Tiefgarage. Der Fluchtwagen stand mit laufendem Motor und offenen Türen in der Mitte des Parkdecks, die Bande war verschwunden.

Manchmal wünschte sich Beverly Kaczmarek, sie könnte die Zeit anhalten. Und um ehrlich zu sein, wünschte sie sich das ziemlich oft. Es deutete vieles darauf hin, dass es ginge, und es würde vieles einfacher machen. Sie schloss die Augen, konzentrierte sich – und schnippte mit den Fingern. Worauf zu hundert Prozent nichts passierte. Beverly saß in der Eisdiele und wartete auf ihre Verabredung. Sie dachte an Tiere, Winde, Gesteinsformationen. An Stechpalmen, Nachtvögel, Moosvariationen. Eine Stimme mit ungarischem Akzent riss sie aus ihren Gedanken.

– In Moabit ist alles glattgegangen. Herr Vidović blickt einer erfreulichen Zukunft entgegen.

– Freut mich zu hören. Was meinen Teil der Verabredung betrifft –

– Die Dinge haben sich geändert, unterbrach sie Ferenc Hotfilter, ich habe heute meinen Dienst quittiert. Folglich habe ich auch kein Interesse mehr, Maximow zu verhaften.

– Sicher?

– Ganz sicher. Ich will ihn nicht verhaften. Ich will ihn zerstören.

– Interessant, sagte Beverly nach einer Pause. Wenn das so ist, wüsste ich da vielleicht was.

Sie legte einen Zettel auf den Tisch.

– Was ist das?, fragte Hotfilter.

– Das, sagte Beverly, ist die Telefonnummer des Leiters von Abteilung U.

– Sollte man die kennen?

– Abteilung U der Berliner Wasserbetriebe. Zuständig für Unterschlagung und Betrug. Auch die haben noch eine Rechnung mit Maximow offen.

Nachdem Ferenc Hotfilter gegangen war, blieb Beverly noch ein paar Minuten sitzen und blickte aus dem Fenster, während ihr Eisbecher an Form verlor. Später fuhr sie mit Umwegen zurück zu ihrer Gartenlaube nach Spandau. Als sie den kleinen Schleichweg entlanglief, der zur Rückseite des Grundstücks führte, sah sie schon von Weitem den Lada Niva mit monegassischem Kennzeichen, der am Feldrand parkte. Klasse, dachte sie, das hat gerade noch gefehlt. Sie bog um die Ecke und versuchte, nicht überrascht auszusehen.

– Na, Leute, wie läuft das Business?

Yves und Billy standen mit ihren kirschroten Adidas-Satintrainingsanzügen im Garten und rauchten Mentholzigaretten.

– Nicht gerade das Palazzo Grande hier.

– Ganz schön schäbig, Schwester.

– Ja, was auch immer, sagte Beverly. Wollt ihr vielleicht 'ne Limo oder so?

Yves warf die Zigarette auf den Rasen und drückte sie mit seinen Kroko-Stiefeln aus.

– Jetzt pass mal auf. Floyd hat die ganze Sache für dich geregelt. Das Gemälde geht an Maximow, dafür drücken die Bullen ein Auge zu, und du kommst mit einem blauen Auge davon. Der Wettervogel ist allerdings geliefert. Kapiert?

– Soso. Und was macht ihr Pfeifen dann hier?

– Wir passen auf, dass du keine Dummheiten anstellst.

– Verstehe, ihr habt also nichts Besseres zu tun, als alleinstehenden Damen im Garten aufzulauern, ihr Sparkassenkunden!

– Verdammt, Bev, hol einfach das Gemälde und lass uns fahren. Floyd hält den Kopf für dich hin. Die Übergabe ist um neun.

– Also neun wird schwierig.

Yves und Billy schauten finster.

– Leute, um neun ist nicht zu machen, da hab ich eine Verabredung mit meinem Lover!

Yves' Augenbrauen zogen sich zusammen.

– Schicke Satinanzüge übrigens! Brennen bestimmt super!

Billy nahm seinen Ring vom Finger.

– Gut, alles klar. Ihr meint es ernst, verstehe. Dann kommt mal mit.

Beverly ging um die Laube herum und öffnete eine Klappe, unter der sich eine schmale Treppe verbarg, die in einen Keller führte.

– Da unten?

– Genau.

Beverly ging voran, ihre Brüder folgten.

– Keine Angst, flüsterte ihr Yves ins Ohr, wir passen schon auf dich auf.

Angst? Nein, Beverly hatte keine Angst. Beverly war der Wald, der die Welt bedeckt. Sie war das Wasser, das vom Himmel fällt. Die Zeit, welche die Jahrtausende zermalmt.

– Und wo ist es jetzt?

Billy schaute sich um.

– Beverly, wo ist das verdammte Gemälde?

Der erste Schlag traf Yves' Kinn. Der zweite brach Billys Nase.

X

Serge Vanderschootens goldene Rolex zeigte 21 Uhr. Floyd Kaczmarek trug Ultramarinblau und kam pünktlich. Für die Übergabe des Gemäldes war das Untergeschoss des CKQ vereinbart worden. Boy Maximow saß umrahmt von einem halben Dutzend Türstehern und sonstigen Schlägern am Ende eines langen Tisches und blickte Floyd wenig freundlich entgegen.

– Wo ist sie?

– Oh, sie kommt gleich. Kann nicht mehr lange dauern.

Auf der anderen Seite stand Polizeipräsident Schulz-Lamar neben einem schweren Ledersessel und paffte an einer Zigarre. Floyd winkte in die Runde.

– Freut mich, euch mal wieder zu sehen, Jungs.

– Ach komm, Floyd. Spar dir die Nummer.

– Sie wird doch kommen?, sagte Serge, der sich nun ebenfalls an den Tisch gesetzt hatte.

– Natürlich, Serge. Natürlich wird sie kommen.

Floyd zwinkerte ihm zu und lief ein paar Meter durch den Raum. Jeder seine Schritte wurde von einem Dutzend Augen begleitet.

– Gut, ein paar Minuten wird es wohl noch dauern.

Er schaute in die Runde der Türsteher.

– Jemand Bock auf eine Partie Mühle? Bridge? Womöglich Rommé?

Einer von Maximows Männern öffnete sein Jackett. Aus einer Ecke hörte man den Sicherungshebel einer Handfeuerwaffe klicken.

– Floyd, setzen Sie sich bitte, Sie machen die Männer nervös.

– Alles klar, war auch nur ein Vorschlag.

– Wenn Sie wollen, spiele ich eine Partie Scrabble mit Ihnen, sagte Schulz-Lamar. Aber ich warne Sie: Seit meiner Zeit in Cambridge bin ich ungeschlagen.

– Muss ja 'ne tolle Uni sein.

Während der Polizeipräsident das Spielbrett aufbaute, schrieb Floyd unter dem Tisch eine Nachricht an Beverly, wo zur Hölle sie stecke.

Es war kurz nach 22 Uhr, als Serge Vanderschooten ein paar Erdnussbutter-Sandwiches brachte.

– Sie wird doch kommen?, fragte Schulz-Lamar kauend.

– Natürlich kommt sie, sagte Floyd, der die Chancen inzwischen auf 50:50 schätzte.

– Wie viel Uhr ist es?

– 22:07 Uhr, sagte Serge.

Um 22:19 Uhr schätzte Floyd die Chance noch auf 20 Prozent, um elf war er sich sicher, dass sie nicht kommen würde.

– Floyd, die ganze Sache gefällt mir nicht.

Floyd brummte zustimmend, blätterte in der Freitagsausgabe von *El Universal* und tat so, als ob er schwer in die Lektüre vertieft wäre.

– Du weißt, was passiert, wenn sie nicht auftaucht!

– Sie wird auftauchen, sagte Floyd. Gebt ihr noch fünf Minuten. Dann legte er die Zeitung zur Seite und streckte sich.

– Sagt mal, Leute, habt ihr hier eigentlich 'ne Toilette?

– Zweite Tür links. Und Floyd!

– Ja?

– Bitte ersparen Sie uns die Durchführung unsäglicher Grausamkeiten.

Drei von Maximows Männern begleiteten ihn in den Gang, zwei von ihnen kamen mit in die Toilette und stellten sich direkt neben Floyd, während der seine Hose öffnete.

– Ganz nette Oberarme habt ihr da. Sagt mal, macht ihr irgendwie Sport oder woher kommt das?

Düstere Blicke.

– Spielt ihr Rugby oder Badminton, oder was?

Versteinerte Mienen.

– Im Schachverein hab ich euch jedenfalls noch nie gesehen.

Zusammengekniffene Augen.

– Aber sagt mal, könntet ihr vielleicht ein, zwei Meter zurücktreten, sonst kann ich nicht.

Die beiden rührten sich nicht von der Stelle.

– Gut, dann halt nicht.

Floyd pfiff die ersten Takte von *Noch ist Polen nicht verloren* und pinkelte dem Mann, der links von ihm stand, auf den Schuh. Dem Schlag, der darauf folgte, wich Floyd geschickt aus und zog dem Mann, der rechts von ihm stand, die Pistole aus dem Halfter, während dieser den Schlag abbekam und mit dem Gesicht gegen die Wand donnerte. Dann ging alles ziemlich schnell. Man hörte Tritte, Schreie, Flüche, und als der Rest von Maximows Schlägern die Toilette stürmte, war von Floyd keine Spur mehr zu sehen. Der Polizeipräsident drängelte sich vorbei und besah das Durcheinander.

– Er ist weg.

– Klasse kombiniert, Schulz-Lamar!, sagte Serge. Natürlich ist er weg. Vielleicht haben ja sogar Sie gehört, dass der Typ *Das Phantom von La Paz* genannt wird?

– Schade, murmelte Maximow, jetzt müssen wir sie alle umbringen. Und darüber bin ich wütend, zornig und glücklich zugleich.

Schulz-Lamar räusperte sich.

– Na, na, na! Das will ich aber nicht gehört haben, Borushka!

– Keine Sorge, sagte Serge und zog seine Makarow aus dem Hosenbund, Sie werden es niemanden erzählen.

Etwa tausend Meter davon entfernt lief Beverly durch ein Nebengleis der U6 und folgte den Schienen zum vereinbarten Treffpunkt. Als sie Dragan sah, musste sie grinsen. Sein linker Arm war einbandagiert, genau wie sein Kopf, der Hals und die rechte Schulter. Er sagte nichts und stand nur da, wie es seine Art war dazustehen.

– Na?, sagte sie endlich.

– Na?, sagte er.

– Wo hast du denn das Veilchen her?

– Ach, frag lieber nicht, sagte Beverly. Ich hab mit meinen Brüdern Kung-Fu geübt. Du siehst übrigens auch nicht aus wie frisch gebadet.

– Tja, brummte Dragan eingeschnappt.

– Kleine Rückschläge gehören zum Geschäft, was?

– Kleine Rückschläge? Du meinst die angeknacksten Rippen, das gebrochene Schlüsselbein und das Schädelhirntrauma?

– Ja, das gehörte nicht zum Plan, tut mir leid.

– Was heißt hier »Das gehörte nicht zum Plan«? Das ganze Projekt ist komplett außer Kontrolle geraten!

– Na und, was soll ich denn sagen? Ich wollte nichts weiter als einen ehrlichen Diebstahl. Und jetzt hab ich nicht nur dich an der Backe und deine Organisation samt Krankenversicherung, sondern auch einen psychopathischen Diskothekenbesitzer, der mir den Hals umdrehen will.

– Gut, können wir jetzt einfach in die Südsee durchbrennen und Schildkröten züchten?

– Wieso? Der Plan läuft doch wie geschmiert. Du solltest die Bullen ablenken, und das hast du stilvoll hinbekommen. Zwar anders als geplant, aber immerhin. Und weil Floyd nicht widerstehen kann, den großen Macker raushängen zu lassen und einen auf edlen Vermittler zu machen, hält er uns noch für ein paar Stunden Maximow vom Hals.

– Ja und? War das jetzt nicht genug Ärger? Reicht das nicht langsam?

– Natürlich reicht das nicht! Wieso sollte das auch reichen? Die Operation ist am Anrollen, alle Ampeln stehen auf Grün, nur du stehst senkrecht auf der Bremse. Jetzt wird nicht aufgehört, jetzt wird geil durchgezogen. Du wirst schon sehen: Berlin wird zur Welthauptstadt der Anarchie werden! Die bestehende Ordnung wird einstürzen, das Geld nichts mehr wert sein und die Liebe Europa regieren! Die Rechten werden toben, weil wir ihnen das Tafelsilber geklaut haben, und die Linken, weil wir nichts mit ihnen zu tun haben wollen. Es wird zu Unruhen kommen, der Aktienkurs wird einbrechen, die Immobilienpreise werden ins Bodenlose fallen, neue Parteien werden gegründet werden, andere müssen umbenannt werden. Erstklassige Dynamiken liegen hier in der Luft, erstklassige!

– Ach ja, ist das so?

– Na klar! Warum verstehst du denn nicht, dass die Sache verdammt wichtig ist?

– Ich weiß, ich weiß, du willst es der ganzen Welt zeigen. Deinem Vater, deinen Brüdern, dem Bundespräsidenten, einfach allen. Aber vielleicht fände ich es einfach schön, wenn dir auch mal was anderes wichtig wäre.

– Okay, sagte sie, und was willst du jetzt von mir hören?

– Keine Ahnung, wie wär's mal mit zwei oder drei netten Adjektiven in meine Richtung, wie wär's denn damit?

– Du weißt, dass ich so etwas nicht kann.

– Versuch's halt wenigstens! Sag doch einfach: Ich möchte bei dir sein, Dragan. Ich möchte so oft es geht in deiner Nähe sitzen. Manchmal nervst du mich auch, und dann muss ich ein paar Stunden abhauen, aber den Rest der Zeit möchte ich nichts lieber als bei dir zu sein. Ich möchte mit dir in großen Städten leben und auch in kleinen. Ich möchte mit dir am Nachthimmel nach Taikonauten suchen, ich möchte mit dir darüber streiten, warum die Dinosaurier ausgestorben sind, und an keinem Tag meines Lebens möchte ich in einem Bett aufwachen, in dem nicht auch du liegst, du dumme Nuss! Ich möchte, dass wir zusammen Kinder und Enkelkinder haben und dass auch unsere Enkelkinder Kinder und Enkelkinder haben und vielleicht auch Haustiere, wenn sie es unbedingt wollen. Ich möchte dir jeden Morgen eine Tasse Kaffee ans Bett bringen und wenn du lieber Tee trinkst, dann soll auch das kein Problem sein. Ich möchte mit dir Malefiz spielen, und auch wenn ich hunderttausend Mal verliere, werde ich nicht rummotzen, weil du so verdammt gut aussiehst, wenn du gewinnst. Ich werde auf fremden Kontinenten Briefträgern und Busfahrern von deiner Schönheit berichten. Ich werde in Bäckereien und an Bahnsteigen laut von deiner Liebenswürdigkeit reden. Ich werde in Zeitungsredaktionen anrufen und sie über deine Leistungen im Bett aufklären. Ich möchte mit dir auf hundert Hochzeiten tanzen und auf zweihundert Beerdigungen weinen. Und wenn wir eines Tages sterben müssen, dann werden wir uns einfach weigern, wir werden uns dagegen entscheiden und so wird es sein! Aber zuerst müssen wir noch diese verdammten Pferde klauen! Also stell dich nicht so an und hilf mir dabei!

– Okay, sagte Beverly, genau das würde ich gerne zu dir sagen.

– Weißt du was, sagte Dragan, du bist wirklich das Allerletzte!

Dann gingen sie einige Minuten auf den Schienen nebeneinander her, ohne ein Wort zu wechseln. Als sie an die Gabelung zur U2 gelangten, blieb Dragan stehen und blickte in die Dunkelheit. *Hier trennten sich Dragan und Beverly*, hätte sie jetzt gerne an die Wand geschrieben, das hätte amtlich geklungen oder wenigstens anständig. Oder sie hätte einfach ein X an die Wand gemalt, hätte sie ein Stück Kreide in der Tasche gehabt. Dann drehte sich Dragan noch einmal um, sah sie an und formte mit seinem Zeige- und Mittelfinger ein V, bevor er in der Dunkelheit des Schachtes verschwand. Beverly, die noch einige Sekunden dastand, dachte darüber nach, was Dragan damit meinen könnte. Sie erinnerte sich an ihre erste Begegnung, das *Kartenspiel International* und die Lagebesprechungen, die Besäufnisse und Prügeleien und je länger sie über alles nachdachte, fiel ihr auf, dass Dragan mit seinen Fingern gar kein V geformt hatte, sondern ein Y.

Y

Gegen 23 Uhr zog das Unwetter auf. Es war eine Nacht zum Losheulen. Eine Nacht, um den Himmel zu beschmutzen. Der Sturm, der über die Hauptstadt fegte, kam plötzlich und wurde von den meisten Wetterstationen nicht vorausgesagt. Von der Ostsee überquerte er rasend die polnische Grenze und setzte sich über Berlin und Brandenburg fest. Er wütete für Stunden und ließ ein überragendes Chaos zurück. Blitze schlugen im Regierungsviertel ein, Stromausfälle überdeckten die Stadt, die Dachstühle der Häuser standen in Flammen. Die Feuerwehr rückte zu Hunderten Einsätzen aus. Er herrschte der Donner, die Finsternis, das Feuer.

Der Chefredakteur der *Berliner Zeitung* saß in einem Restaurant nahe der Kantstraße und schaute aus dem Fenster. Auf der anderen Seite der Glasfront stand sein nagelneues Cabriolet. Auf seinem Cabriolet lag eine ausgewachsene Eiche, die der Sturm soeben gefällt hatte. Der Chefredakteur ging zur Bar und schenkte sich einen Likör ein. Er zückte seinen Stift und notierte sich das Wort *Frühlingsterror* auf einer Serviette. Dann strich er es wieder durch. Dieses Mal war die Sache persönlich geworden. Weit schärfere

Worte waren gefragt. Er beschloss, seine Politikredakteurin aus dem Bett zu läuten, Teile des Telefonnetzes waren inzwischen wiederhergestellt.

Erst gegen drei Uhr morgens beruhigte sich die Situation, um vier waren die meisten Brände gelöscht. Es lag eine ungewohnte Stille auf der Stadt, die Ruhe nach dem Sturm. Die S-, U- und Fernbahnhöfe funkelten im Licht des Mondes. Die Ringe des Saturns schwebten in Frieden vor sich hin. In den östlichen Bezirken Marzahn, Hellersdorf und Karlshorst ging um fünf als Erstes die Sonne auf, dann folgten Weißensee, Pankow und Lichtenberg. Die Straßen lagen verlassen da, der Nike-Flagshipstore war komplett ausgebrannt und dampfte in der Morgendämmerung. Ampeln schalteten auf Grün, Rot und dann wieder zurück, ein Schauspiel, das niemanden interessierte. Bei Feuerwehr und Polizei gingen kaum noch Anrufe ein, der Oberarzt der Charité zählte die Verletzten. Im Berliner Tierpark erblickten derweil zwei Giraffen das Licht der Welt, im Zoologischen Garten starb ein bekanntes Zebra. Tierpfleger Oleg Koslowski erlitt eine Herzattacke, kam aber mit dem Schrecken davon. Die Armbanduhren zeigten 5:10 Uhr, die Wetterstation auf dem Teufelsberg meldete dreizehn Grad. Die ersten Sonnenstrahlen erreichten nun ebenfalls die Bezirke Wedding, Treptow und Neukölln. Der Maler Giannopoulos schlüpfte in seine Pantoffeln, blickte aus dem Fenster und war kurz davon überzeugt, die Sonne würde heute von der falschen Seite aufgehen, von Westen her, musste sich dann aber eingestehen, falschzuliegen. Als die Strahlen auch Charlottenburg, Steglitz und Spandau erwischten, war ganz Berlin in Licht getaucht.

In Wilmersdorf lag Dr. Guse im Bett neben seinem Lover und fuhr aus dem Schlaf. Sein elektronischer Wecker hatte wegen des Stromausfalls nicht geläutet. Er würde die morgendliche Pressekonferenz verpassen und Schulz-Lamar würde ihn einen Kopf kürzer machen. Für Schulz-Lamar war Zuspätkommen kein Kavaliersdelikt. Auch Kaufhausdetektiv Hessenheimer war schon wach, weil er Frühschicht bei Karstadt hatte, und machte sich Gedanken beim Duschen. Er fragte sich: Warum sind einige Tiere lieber als andere? Warum gibt es Damen, die so schön sind, dass einem ganz schlecht wird im Herzen? Was hat es damit auf sich, dass sich die Welt nicht aufhört zu drehen? Ziertaubenzüchter Engelhard lauerte zur selben Zeit mit seinem Luftgewehr auf dem Dach des *Hotel Boulevard* und hielt nach Wanderfalken Ausschau. Zwei Stockwerke tiefer lag die Kriminologin Adele Kolonko im Bett ihres Hotelzimmers und ließ sich von ihrem neuen Verehrer Aldemir eine Nackenmassage verpassen. Die beiden hatten sich zwölf Stunden zuvor beim Endspiel der Berliner Tischtennismeisterschaft kennengelernt und konnten seitdem die Finger nicht voneinander lassen.

In einem Spandauer Keller saßen Yves und Billy Kaczmarek, angekettet am Heizungsrohr, nagten an Kaugummistreifen und verfluchten die Kaugummistreifen-Besitzerin:

– Rattenmädchen.

– Mieses Frettchen.

– Biest.

Ex-Museumsdirektorin Isabelle Marquardt ging drei Kilometer weiter östlich mit ihrem Dackel Rififi um den

Block und fühlte sich in ihrer gestrigen Gewitterwarnung bestätigt. Und in den Tiefen des *CKQ* saß Gheorghe Poljakov und hörte das Rauschen in den Wänden. Nur, dass er diesmal tatsächlich recht hatte, denn das Wasser stand ihm bis zum Hals.

Der Chef von Abteilung U der Berliner Wasserbetriebe schlich sich ins Wohnzimmer seines Hauses in Tegel und erwischte seine Töchter beim Fernsehen. Ausnahmsweise war er nicht böse, obwohl er ihnen das Fernsehen am Morgen verboten hatte. Stattdessen schaute er den Zeichentrickfilm mit ihnen zu Ende und schlenderte dann ins Badezimmer, um sich den Schmutz vom Körper zu waschen. Er war die ganze Nacht unterwegs gewesen und hatte ganze Arbeit geleistet. Mit ein paar seiner Spezialisten hatte er am Westhafen Dutzende Rohrbrüche verursacht und das Untergeschoss des *CKQ* unter Wasser gesetzt. Als er einschlief, lag ein sanftes Lächeln auf seinem Gesicht.

Ganz zufrieden war auch Ferenc Hotfilter, als er die Tür zu seiner Wohnung aufsperrte. Er hatte Abteilung U bei ihrer Operation unterstützt und den anschließenden Einsatz der Polizei verzögert. Hotfilter zog seine Schuhe aus und legte den Leinenanzug über den Stuhl. Als er vorsichtig die Tür zum Schlafzimmer öffnete, blinzelte ihn seine Frau verschlafen an. Über dem Ehebett hing das Gemälde *Am Ende der Welt* von Alejandro Ciccarelli. Der Kommissar beschloss, sich in dieser Nacht über nichts mehr zu wundern. Er zog Hemd und Socken aus und legte sich zu seiner Frau. Nachdem er sie geküsst hatte, fragte er nach dem Gemälde an der Wand.

– Keine Ahnung, sagte sie, ich dachte, du hättest es da aufgehängt.

Gegen sieben Uhr morgens schloss das CKQ zum ersten Mal seit seiner Eröffnung die Tore. Die Feuerwehr hatte alle Gäste evakuiert. Inzwischen stand das Wasser bis zum Erdgeschoss, die kompletten unteren Stockwerke waren überflutet, genau wie die Katakomben und Maximows Büro, in dem Polizeipräsident Schulz-Lamar schwamm und nach Luft schnappte. Serge Vanderschooten stand in der großen Eingangshalle und kommandierte die Angestellten durch die Gegend. Ein paar von ihnen hatten Sauerstoffflaschen organisiert und tauchten in Gruppen nach unten, um zu retten, was nicht mehr zu retten war. Maximows ganzer Besitz, Bargeld und Kunstwerke im Wert von Millionen Euro, stand unter Wasser und war für immer vernichtet. Maximow selbst stand auf der Straße vor dem CKQ und schrie den Himmel an. Nach ein paar Minuten sackte er auf den Boden. Die Sonnenstrahlen erwärmten seine bleiche Haut. Er hatte das Tageslicht seit Monaten nicht gesehen. Dann stand er wieder auf und begann erneut zu schreien. Tauben flatterten über die Dächer der Hauptstadt.

Es war der erste schöne Tag des Frühlings. Besucher aller Kontinente flanierten über den Pariser Platz. Die Fotoapparate klickten, die Gurte der Umhängetaschen rieben an den Schultern, Schnürschuhe trippelten über den Asphalt. Die Schäden der vergangenen Nacht wurden begutachtet, beziffert und nun behoben. Die Aufräumarbeiten waren in vollem Gange. Sonst schien alles wie immer. Nur die

Pferde auf dem Brandenburger Tor fehlten. Keiner schien es anfangs zu bemerken, alles nahm seinen gewöhnlichen Gang. Ein Tourist von den Galapagosinseln wunderte sich kurz, zuckte dann aber mit den Schultern. Kurz darauf rief ein Busfahrer in der Zentrale an und fragte, was denn mit dem Brandenburger Tor los sei. Die Zentrale wusste es auch nicht und leitete die Frage weiter. Mehrere Unklarheiten bei der Polizei. Kurze Aufregung bei der Feuerwehr.

– Ist das nicht –

– Nein, nein.

– Aber –

Beim Fremdenverkehrsamt war man sich nicht sicher. Die Tourismusbehörde telefonierte mit dem Innensenator. Der fragte bei seinem Sekretär nach, gab dann aber weiter:

– Dafür sind wir nicht zuständig.

Die Denkmalverwaltung protestierte, dass sie nicht eingeweiht wurde. Im Rathaus zeigte man sich dagegen uneinsichtig.

– Wir haben davon auch nichts gewusst.

Doch zwanzig Minuten später gab der Innensenator ein Interview im Radio:

– Meines Wissens handelt es sich dabei um lange geplante Reparaturarbeiten.

Die *Berliner Zeitung* nahm das Zitat wörtlich auf und konfrontierte damit den Bürgermeister:

– Wie lange wird das dauern mit der Reparatur?

– Nun, das steht leider nicht in meinen Unterlagen.

Bei der Polizei war man nun auch zufrieden. Die Denkmalverwaltung schrieb einen Protestbrief und beschwerte sich, dass sie mal wieder umgangen wurde. Bei der Feuerwehr fand der nächste Schichtwechsel statt. Mittagspause auch bei der Tourismusbehörde. In den Restaurants rund um die Friedrichstraße wurde hektisch bestellt, die Kellner liefen Slalom zwischen den Tischen. Gegen 14 Uhr kletterte das Thermometer erstmals über 30 Grad. Die Touristen lagen erschöpft auf den Parkbänken. Die Taschendiebe saßen matt unter den Linden.

Mitten in diesem Panorama, das an ein Gemälde aus dem 20. Jahrhundert erinnerte, saßen Floyd und Sylvester in einem Café und schütteten Unmengen Zucker in ihre doppelten Espressi.

– Scharfe Arbeit, sagte Sylvester, man merkt, bei wem sie in die Lehre gegangen ist.

– Du hast ihr doch nicht etwa geholfen?

– Ich? Nein, wieso?

– Das kleine Biest hat mich ganz schön reingelegt.

– Ach was? Kannst du dich noch an diese Geschichte letztes Jahr in Palermo erinnern, wo du deinen armen Vater im Gefängnis vergessen hast?

– Na ja, sagte Floyd, *das* war etwas völlig anderes.

Sie stießen ihre Tassen aneinander, warfen den Kopf in den Nacken und feuerten die Espressi hinterher.

– Lass uns verschwinden, bevor es ungemütlich wird.

– Gutes Stichwort, sagte Sylvester, warst du eigentlich schon mal in China? Es gibt da ein interessantes Projekt, für das ich dich gerne als Juniorpartner gewinnen würde.

Rund 100 Kilometer weiter östlich ratterte ein Lada mit Anhänger und monegassischem Kennzeichen auf die polnische Grenze zu. Am Steuer saß eine Frau mit braunen Haaren und neben ihr ein Mann mit diamantfarbenem Trainingsanzug, der gestenreich über die Kunst des Zähneputzens sprach. Beverly hatte erwähnt, dass sie immer etwas Wasser auf ihre Zahnbürste laufen ließ und erst dann die Zahnpasta darauf gab, worauf Dragan entgegnete, dass er erst Zahnpasta auf die Bürste gab und dann Wasser. Beverly meinte, dass sie manchmal auch beides machen würde, also zuerst Wasser, dann Zahnpasta, dann wieder Wasser. Dragan sagte, er würde auch Leute kennen, die ganz ohne Wasser putzen könnten. Beverly erinnerte sich, dass sie manchmal auch ohne Zahnpasta putzen würde, wohl aber nur, wenn keine im Haus war. Dragan antwortete, er könnte auch problemlos ohne Zahnbürste putzen, fände das aber unvorteilhaft. Ungefähr in diesem Augenblick hatte der Wagen die polnische Grenze passiert und bog hinter der Oder-Brücke links ab.

Dann passierte lange nichts. Meteoriten schwirrten wie Hummeln durch das Weltall. Auf dem Planeten Mars war es an diesem Tag furchtbar öde. Auch auf der Venus herrschte gähnende Leere. Nichts los war auf den Planeten Jupiter, Neptun und Uranus. Nur der Merkur machte mit noch größerer Langeweile auf sich aufmerksam.